Cher lecteur ou chère lectrice,

Auteur en autoédition, j'ai déposé ce livre d'occasion dans cette boîte à livres avec l'espoir qu'il sera découvert, apprécié et qu'il donnera l'envie d'acheter un de mes autres ouvrages. Ils sont disponibles sur les principales plateformes numériques (amazon, decitre, cultura...) mais également à la commande en librairies. N'hésitez pas à les demander à votre libraire, c'est par le bouche à oreilles et la confiance des lecteurs que l'auteur indépendant peut se faire connaître.

Pour vous tenir informé de mes actualités, vous pouvez me retrouver sur twitter/X (@page_alexandre), instagram (alexandrepage.auteur) ainsi que sur Amazon et Babelio, où il vous est possible de laisser un avis.

J'espère que cette lecture vous plaira et que vous aurez envie de me soutenir.

Parce que l'écriture n'est pas une aventure solitaire, merci d'avance à ceux qui m'aideront à faire voguer mon navire !

Alexandre Page

MANGAZEÏA
Légende du Nord

Alexandre
Page

MANGAZEÏA
Légende
du Nord

pagealexandre020@gmail.com

ISBN : 9798778908680
Dépôt légal : janvier 2022

Les meules de jadis n'ont plus de pierres à moudre,
Elles ont été englouties dans les replis des marais.
Ce qui a été couronné par la neige et le froid,
Ce qui a été gardé en sécurité pendant des siècles,
S'est affaibli dans l'obscurité des rêves.
L'humus des sous-bois a emporté la légende.
Des hommes ailés, enthousiastes,
Chantent une chanson connue des anges seuls
Et de quelques vieillards recroquevillés.
Mais lorsque l'aube embrasée inonde les sommets,
Le pays de Mangazeïa brille à nouveau,
Il brille de la lumière du Christ comme si c'était de l'or.

V. Selitski, *Mangazeïa* (extrait choisi)

AVANT-PROPOS

En l'an de grâce 1600, par décret du tsar Boris Godounov, fut fondée dans le Grand Nord sibérien une cité du nom de Mangazeïa. Bordant la rivière Taz, elle devint rapidement la principale route commerciale vers le Nord, joignant par voie fluviale la mer de Kara et expédiant, pendant l'été arctique, les fourrures et l'ivoire vers toute l'Europe. La cité devint florissante, tant par le commerce que le tribut – le *yasak* – qu'elle prélevait auprès des populations indigènes locales. Sa notoriété dépassa de loin les frontières de la Russie, ses richesses étant célébrées jusqu'à Amsterdam, Londres et dans tous les grands ports marchands du monde d'alors. Mais en 1619, l'ampleur de ce commerce, la venue trop conséquente de marchands étrangers à Mangazeïa et les difficultés pour l'autorité tsariste de contrôler cette route pouvant devenir celle d'une invasion scellèrent le sort de la puissante cité. Le tsar Mikhaïl Fiodorovitch interdit le commerce sous peine de mort. Mangazeïa « bouillante d'or », ainsi qu'elle fut surnommée du temps de sa splendeur, déclina, ruinée par les choix du tsar et par une succession de gouverneurs à l'autorité violente et à la gestion désastreuse. Elle disparut en 1662, totalement détruite par un terrible incendie qui ravagea ses derniers restes. Les neiges de Sibérie engloutirent ses cendres et le souvenir de l'authentique Mangazeïa s'effaça des mémoires, son emplacement même fut oublié et il ne resta des siècles durant que la légende de cette Atlantide du Grand Nord. L'hostilité de son pays, l'imprécision des sources anciennes, l'évolution constante des paysages sibériens ont rendu sa redécouverte tardive, et ce n'est qu'au milieu du XXe siècle que des expéditions d'envergure ont pu explorer les lieux. Toutefois, aucune fouille n'est parvenue à ce jour à déterminer l'origine de la destruction de Mangazeïa, si ce n'est que le feu acta le sort de la cité que les populations autochtones nommèrent bientôt Tagarevi Khard, la « Ville brisée ».

Jusqu'au début du XXe siècle, le site de Mangazeïa n'était marqué que par une très ancienne chapelle en bois oubliée de tous, mais qui s'élevait encore malgré les ravages des siècles et l'abandon. Nul ne se souvenait plus de son histoire ni qu'elle avait abrité jadis la dépouille de saint Vassili de Mangazeïa, dépouille qui fut perdue elle-même, puis retrouvée à l'état de fragments en 1997. Ses reliques furent inhumées dans une nouvelle église, en 2004, au village de Krasnoselkoup.

L'histoire qui suit n'a pas pour intention de raconter l'authentique fin de Mangazeïa ni celle de la véritable vie de saint Vassili. Elle est intrication de faits avérés, d'artefacts puisés dans les nombreuses légendes racontées au sujet de la cité et de son saint patron et d'adjonctions nouvelles qui nourriront peut-être d'autres légendes. Ainsi va un mythe qu'à chaque époque, il renaît.

Chapelle Saint-Vassili de Mangazeïa à l'emplacement de l'ancienne cité (déb. du XXe siècle)

Icône de saint Vassili de Mangazeïa

Chant I

La forêt dort du sommeil de l'hiver,
À verse, les flocons tombent sur elle.
La neige pend en festons aux arbres verts,
D'un souffle tranchant, Aquilon la cisèle.

Au loin, elle s'étend, immensurable,
La taïga d'une blancheur inviolée.
Dans les cieux aux nuages impénétrables,
Une chouette harfang vient d'ululer.

Sur ses ailes, le vent porte son cri
Qui se répand en échos répétés,
Semblant dire d'une fate crânerie,
« Étrangers, vous foulez mes propriétés ! »

Mais l'oiseau majestueux vole et s'en va,
Car ces fâcheux, il ne saurait chasser.
Ils sont nombreux et s'écrient « Sova, Sova ![1] »
Pour l'oiseau fier et sage, s'en est assez.

Ils sont là, au milieu des bois sans fin,
Ils avancent d'un pas déterminé.
De ces terres, ils recherchent les confins
Et ils marchent toujours sans se retourner.

Dans la neige meuble, leurs pieds s'enfoncent.
Sous les bottes, les sabots des chevaux,
Le vierge manteau blanc s'étoile et se fronce ;
De tant d'hommes vaillants, il est le caveau.

Ils marchent sans arrêt, car la mort veille.
Des cristaux de glace pendent aux fourrures.
La bise fige les visages vermeils,
Et des barbes, les flocons sont la parure.

Il y a là des cosaques montés,
Cheveux blonds, fines moustaches, yeux clairs,
Ils cachent sous leurs manteaux passementés,
Des sabres, des pistolets, des poudrières.

Ils composent un farouche peloton
Sur des chevaux blancs et des chevaux noirs ;
De Yermak le Grand[2], ils sont les rejetons
Et depuis Tobolsk[3] viennent porter sa gloire.

Ils ne sont ni du Don ni Zaporogues[4],
Mais de ces derniers, ils ont la vaillance.
Au fer et au feu, ils signent leurs églogues,
À leur terre seule, ils prêtent allégeance.

Taiseux, une voix s'élève parfois,
Elle est grave et vibrante d'émotion.
Évoquant les glorieux héros d'autrefois,
Elle emplit les cœurs de détermination.

C'est ainsi que le fier cosaque avance.
Homme-cheval porté par sa monture,
En itinérance, à ses aïeux, il pense ;
Les souvenirs sont leur seule sépulture.

Des Samoyèdes marchent avec eux.
Couverts des peaux des rennes et des ours,
Leurs lances et leurs arcs les font belliqueux
Et ils battent le lièvre arctique à la course.

Ce sont les hommes de cette contrée,
Qui sous la malitsa et le sovik[5],
Sous le treoukh[6] fourré qui cache leurs traits,
Pourraient être ceux du lointain Nunavik.

Ils sont tous pareils, les hommes du Nord,
Immuables comme leur pays glacé.
Le froid tanne leur cuir, le soleil le dore ;
Ils s'éprouvent aux tempêtes verglacées.

Sur leurs traîneaux, des peaux de zibelines,
En piles, surabondent tant et tant,
Que personne, de Finlande jusqu'en Chine,
N'en a jamais vu qu'en fantasme exaltant.

D'un œil méfiant, ils gardent leur trésor
Qu'ils vont livrer au seul maître des lieux.
Ils s'en vont à Mangazeïa bouillante d'or,
Donner en yasak[7] leur bien le plus précieux.

Les jeunes, fougueux, s'en vont tête basse ;
Ce n'est pas à la guerre qu'ils cheminent.
Résignés, ils portent le fruit de leur chasse
À cet étranger qui a causé leur ruine.

Braves, ils voudraient mener le combat,
Imiter les Youraki[8] indomptés,
Mais les Anciens, allongés sur leur grabat,
Á ces guerriers réclament docilité.

Qui est donc ce Seigneur que suit la peur ?
Voïvode, c'est ainsi qu'il est nommé,
Mais pour ses ennemis, il est L'Écorcheur ;
C'est par la terreur qu'il se fait acclamer.

Dans la colonne, Ostyaks[9] et cosaques
Semblent surgis de la neige et des troncs ;
Le ciel pour toit, les clairières pour kabak[10],
Cette nature sauvage est leur giron.

Mais ils ne sont pas seuls, quelqu'un les suit,
Qui est cet homme revêtu de noir,
À la longue barbe couleur de la suie
Que blanchissent déjà les flocons d'ivoire ?

Il n'est pas du pays et son pas traîne.
Dans son costume, c'est peut-être un pope,
Qui dans ces contrées s'en va semer la graine
De la foi comme le vent sème l'hysope.

Faut-il qu'il soit irradié par sa foi,
Pour s'en aller jusqu'aux confins du monde.
Bâton à la main, au cou la Sainte-Croix,
Ici grandira l'église floribonde.

Dans la colonne, on connaît son nom.
Il a béni les fronts et fait les prières.
De l'orthodoxie, il connait le canon,
Dans sa soumichtcha[11], il cache son bréviaire.

Il est jeune encor, mais paraît plus vieux.
Dans ses beaux yeux de lapis-lazuli,
La fatigue et la grâce de l'homme pieu.
Tous le surnomment batiouchka[12] Vassili.

Quelle étrange idée, pensent les cosaques,
Que son voyage jusqu'à Mangazeïa,
Car là-bas les gens ne fêtent plus la Pâque ;
Il n'y a plus de Chrétiens que des parias.

La glorieuse cité bouillante d'or
N'honore plus ni son Dieu ni ses saints,
Comme une nouvelle Sodome ou Gomorrhe,
Son église ne sonne plus le tocsin.

Osera-t-il à nouveau ébranler
Ses cloches muettes, son bourdon aphone,
Mener au berger les âmes esseulées,
Faire retentir les hymnes polyphones ?

Car à Mangazeïa, tout cela n'est plus,
À cause du voïvode, de la ruine,
Ou de la foi depuis longtemps dissolue
Alors que s'est tue la parole divine.

La volonté d'un homme pourrait-elle
La porter à nouveau entre les murs,
La rendre au cœur de Mangazeïa la rebelle,
Et des âmes païennes fendre l'armure ?

De tout cela, batioushka Vassili
N'a pas conscience ; il est ignorant,
Il ne sait pas que son voyage accompli,
Ses pieux desseins seront l'hôte d'un tyran.

Chant II

Aux voyageurs, elle apparaît bientôt,
À la sortie des bois, dans un champ clair,
La ville que domine sur son plateau,
Un noir kremlin d'allure patibulaire.

Sur les bords du Taz qui étend son lit
Et serpente dans la plaine voisine,
Des entrepôts s'élèvent, ensevelis
Sous la neige qui leur fait des crinolines.

Le quai pourri s'avance sur la glace,
Il est du gris mat des agonisants.
Á terre, des barques à la coque lasse
Étalent aux yeux leurs restes malaisants.

Tout penche et brinquebale sous le vent,
Les planches couinent, les toitures sifflent ;
Les congères, comme des sables mouvants,
De la bise gelée essuient les mornifles.

Il n'y a pas d'âme, pas de corbeau
Poussant son cri du faîte des cahutes.
Cette ville basse, partie en lambeaux,
De la fière Mangazeïa dépeint la chute.

Sur le chemin, la colonne s'avance,
Passant entre les maisons éboulées.
Comme les yeux se tournent, les esprits pensent
À la mort de ces épaves moncelées.

Le port s'éloigne, la route s'élève,
Frangée des isbas couleur de brûlis.
Ici, même lorsque le soleil se lève,
Il ne perce pas les carreaux dépolis.

Les vitres ternes sont noires de suie.
Les cristaux de gel formant des pampilles,
Aux larmiers saillants assurent leurs appuis,
Droits comme un glaive, piquants telle l'aiguille.

Parfois, une porte s'ouvre en grinçant ;
Dans la fumée des poêles qui s'échappe
Se devinent des visages blêmissants,
Et pendus aux robes, des enfants par grappe.

Pour accueil, point de cohortes massées ;
Nul applaudissement et nul sourire
Au passage des voyageurs harassés ;
Nulle bienvenue dans ce pays martyr.

Dans la neige, ci-gisent là et là,
Grattés à l'os, des squelettes de rennes ;
Leurs crânes dénudés disent « Halte-là !
Plus avant, il n'y a que douleur et peine. »

Dans le ciel laiteux, le kremlin se dresse ;
Telle une ombre, ses murs et ses cinq tours
Montrent alentour leur morbide faciès ;
Du maudit Écorcheur, ils sont le séjour.

L'église de la Trinité voisine
Ne brille plus, ses coupoles sont ternes ;
Ses ors grisés, comme d'un œil la rétine,
Reflètent seulement un palais en berne.

Au pied des murailles déchiquetées,
L'air a l'odeur âcre du bois pourri,
Et le vent, sinistrement, vient violenter,
Pendus aux gibets, des cadavres flétris.

Figés par le froid, le cou distendu,
Ils pendent, hâves et secs à leur corde.
Les yeux exorbités, les membres tordus,
Du tyrannique seigneur, ils sont l'exorde.

Batioushka Vassili signe la croix
Et prie pour ces malheureux immolés.
Au bout de ces potences couleur de poix,
Il voit cadavres et âmes envolées.

Du noir kremlin, ils surveillent la porte,
Mais ils ne sont pas seuls. Au bas des murs
De la sombre bâtisse, voilà que sortent
Trois soldats, l'épée en main, couverts d'armures.

Du palais maudit, ils sont les gardiens ;
Cerbère à trois têtes d'un autre enfer.
En travers du chemin, plus hargneux qu'un chien,
Ils ont l'allure de soudards à la guerre.

Ils ne savent pas lire, ils aboient
Leurs ordres. Ils veulent les passe-droits,
Et sur les peaux, qu'ils toisent d'un air sournois,
Rudes et grondants, ils réclament l'octroi.

Mais les fourrures sont pour le voïvode ;
Jamais il ne les laisserait toucher
Par les mains de sa soldatesque rustaude ;
Impitoyable, il les ferait trancher.

Sur la cour du kremlin, les portes s'ouvrent ;
Un cor résonne du haut des murailles,
Malgré le manteau dont la neige la couvre,
Misère et laideur composent ses entrailles.

Des ombres floues pointent leurs arquebuses
Du chemin de ronde où s'accroit la mousse.
La colonne s'avance ainsi qu'une intruse,
Cette réception n'est pas une carousse.

Des mots railleurs, des sourires difformes,
Le son aigre des lames qui s'aiguisent,
Des quolibets et parfois le rire énorme
D'une poitrine gavée de paillardise.

Voilà les pompes de la garnison,
Aux soldats du tsar, à l'homme de Dieu,
Qui dignement, reçoivent cette oraison,
Chant de criminels et de bandits pouilleux.

Sur les visages se lisent la haine,
La maladie, la fureur et la rage,
Qui toutes ensemble ont uni de leurs chaînes,
Ces hommes bestiaux à ce pays sauvages.

Sont-ils même des hommes ou des bêtes
Quand s'est ainsi enfuie l'humanité,
Invisible sous les armures défaites,
Disparue dans les regards exorbités ?

Faut-il que leur chef soit un Polyphème,
Pour donner ses ordres à ces brigands !
Pour le crime, ils ont renié leur baptême
Et s'en félicitent d'un air arrogant.

Ce voïvode serait-il un démon,
Façonné dans l'argile des Enfers,
Pour couvrir ce pays d'un hideux limon
De sang, d'humeurs putrides, d'odeurs carnières ?

Était-ce vraiment la raison du tsar,
Pour confier à ses soins ce bout du monde,
Si tôt devenu la proie des charognards,
Quand sa richesse fut déclarée immonde ?

C'est bien sa folle richesse en effet,
Qui de Mangazeïa a signé la ruine,
Devenue pour le souverain stupéfait,
Autant la rose que l'incisive épine.

Des Anglais, des Hollandais, grands marchands,
Elle a aiguillonné les convoitises ;
Que d'appétit pour ce bien si alléchant,
Prompt à rassasier toutes les gourmandises !

Ainsi fut close, la route du Nord,
Et désigné pour en garder l'accès,
Celui qui sans hésiter mettrait à mort,
L'étranger sans autre forme de procès.

Comme d'envahisseurs, il n'en vint point,
Que la paix régnait et qu'il s'ennuyait,
De violence, il assouvit son besoin,
En plongeant dans la peur son peuple effrayé.

Ainsi, la glorieuse cité du Nord,
Des glaces, devint le Pandémonium,
Et dans la blanche toundra, des cris sonores
Narrent en échos la souffrance des hommes.

Dans le froid, tous attendent la sortie
Du tyran sur les marches du palais,
Une vieille bâtisse en bois décatie,
De planches tordues, de poutres vérolées.

L'attente est longue, il n'est pas pressé.
Si loin de Moscou, il se sait le maître,
Il est l'unique seigneur à offenser,
Et seul son bon vouloir le fera paraître.

Soudain, toute la garnison se tait,
Elle est saisie d'un invincible effroi,
Sur les marches résonne le pas botté,
D'un sinistre sire aux petits yeux narquois.

Il n'a rien d'un ogre ou d'un écorcheur,
Et il n'est ni monstrueux ni repoussant ;
Sur lui, il porte les dernières splendeurs
Du passé glorieux d'un pays sénescent.

L'or pend à son cou et à ses poignets,
De son épée, il fait briller la garde ;
Sur ses cheveux, aussi luisants que soignés,
Repose un chapeau à rémiges d'outardes.

Il est couvert de précieuses fourrures,
Qui valent celles d'un tsar ou d'un roi ;
Faute d'empire, il a pris la parure,
Mais il se sent encore trop à l'étroit.

Il a de cette élégance affectée
Du petit individu parvenu,
Mais il n'a nulle grandeur ni majesté ;
D'un noble seigneur, il n'a que la tenue.

Il descend les marches, salue ses hôtes
D'un ton aussi précieux que ridicule.
Sentencieux, c'est tout un discours qu'il radote,
Prenant amphigouris et vieilles formules.

Mais de ceux qui l'écoutent nul ne rit,
Tout autour de lui plane le silence ;
À celui qui moquerait Sa Seigneurie,
La décollation comme unique sentence.

Finalement, il cesse son discours ;
Seuls bruissent la cohorte des chevaux
Et son pas dans la neige, car il accourt.
De la colonne, il franchit l'écheveau.

Des Samoyèdes, il voit les fourrures,
Son tribut, entassé sur les traineaux.
Posant sa main sur les somptueuses pelures,
Il incline sur elles des yeux vénaux.

Muet, il ne se lasse de contempler,
De caresser le pelage soyeux.
Nul besoin de culture pour vénérer,
De telles livrées, le toucher merveilleux.

Puis d'un geste, sûr de son arrogance,
Il renvoie les Ostyaks à leurs pénates.
Ils s'en vont, sans prendre ombrage de l'offense ;
De quitter cet enfer, ils n'ont qu'une hâte.

Aux autres invités, il dit ceci :
« Chez moi, il y a à boire et manger,
Et tous à ma table, je vous veux assis ;
Dinons en amis et non en étrangers. »

Les cosaques sont las et fatigués,
Ils partiront pour Touroukhansk[13] à l'aube.
Ils acceptent l'offre sans épiloguer ;
C'est l'unique table d'ici jusqu'à l'Ob[14].

Ils se pressent déjà pour festoyer,
Parmi tous, il n'y a qu'un seul refus.
Au seigneur, le pope a tendu ses feuillets[15],
Qui plus qu'en colère l'ont laissé confus.

Un prêtre nommé par l'archevêché
Pour ramener les brebis égarées,
Servir l'office et combattre les péchés,
Jamais L'Écorcheur ne le tolérerait.

Dans les cœurs, il ne faut pas d'espérance,
Pour que le despote dicte sa loi ;
Seul à semer les bienfaits et les souffrances,
Il doit être l'unique feu de la foi.

Batioushka Vassili l'a remercié,
Puis prenant congé s'en est retourné.
Dans son dos, il ne l'a pas vu grimacer,
Celui qui lui vouera sa haine acharnée.

Car le voïvode, au premier affront,
Fait de l'autre son ennemi juré ;
Le monstre s'éveille et devient le chaudron,
D'un élixir que seul le Diable boirait.

Il laisse partir le pope, pourtant,
Que son envie de vengeance bouillonne !
Mais il sait bien qu'il n'est pas encore temps,
À sa table, les cosaques gobichonnent.

Chant III

À l'apogée de son glorieux passé,
Mangazeïa avait compté deux églises.
La première, l'abandon l'a terrassée,
Elle n'est qu'un ilot de poutres démises.

Enfoncée sous la neige, englacée
Quand arrive l'hiver et ses frimas ;
Á l'été, en émeraudes enchâssées,
La mousse verte vient couvrir cet amas.

La seconde église se dresse encore,
Mais sous la majesté, la maladie.
Celle-ci a grandi et rongé son corps,
Étendu partout ses rhizomes maudits.

Les merveilles des hommes de Kiji[16],
Délaissées, ne brillent plus pour personne.
Une stèle aurait pu indiquer « Ci-gît
L'illustre dépouille d'une reine atone. »

Au clocher de l'imposant édifice,
Ne pendent plus les cloches de Pelym,
Elles ne sont plus là en consolatrices
Des cœurs et des âmes plongés dans l'abîme.

Sous le porche est affalé un garçon,
Pâle comme la neige qui floconne,
Et qui insistant, regarde sans façon,
Le pope immobile en habits monotones :

« Mon fils, demande le prêtre à l'enfant,
Où sont les cloches ? Sont-elles fondues ? »
Le garçon chahute ses haillons bouffants
Et répond à l'apostrophe inattendue :

« Mon père, si vous parlez de ces cloches
Qu'offrit Boris Godounov en cadeau,
Elles n'étaient plus là quand j'étais tout mioche ;
Elles ont descendu le fleuve en radeau.

À Touroukhansk, on les a emportées,
Pour les pendre au clocher d'un monastère.
Depuis lors, l'église de la Trinité
S'est tue, emmurée dans le silence austère.

Il n'y a plus d'office ni de prière,
Depuis longtemps, il n'y a plus de prêtre.
À qui ouvrirait cette porte derrière,
Le voïvode a promis d'envoyer ses reîtres. »

Batiouchka Vassili va vers l'enfant,
Pose sa main sur son front et sourit :
« Alors, dit-il, l'air doit y être étouffant,
Ramenons en ses murs son souffle tari. »

L'enfant le regarde, tout étonné.
Quand le prêtre lui demande son nom,
Il tergiverse un instant pour lui donner.
De l'église, il craint d'ôter l'alganon[17].

Il hésite, il réfléchit et dit :
« Mon père, c'est dangereux d'entrer là.
Du voïvode, vous allez violer l'édit,
Il ne vous pardonnera pas cet éclat. »

Le pope n'entend pas la mise en garde
Et remue dans ses gonds la porte close.
Fer rouillé et bois pourri, elle est faiblarde,
Elle craque et grince, percluse d'arthrose.

Cependant, elle résiste aux à-coups,
Alors le prêtre se tourne et demande :
« Mon garçon, vois, elle ne cède à mes coups,
Unis à deux, nos forces seront plus grandes. »

Inquiet, le jeune homme veut refuser.
Quel est ce fou qui ne craint le tyran,
Qui sous son poing, n'a pas peur d'être écrasé ?
Est-il brave, fanatique ou ignorant ?

Il voudrait se lever et s'en aller,
Ne plus voir cet aspirant au martyr,
Pourtant, il n'ose pas même reculer,
Et contre son désir, se prend à obéir.

Il s'installe près de son parangon,
Et à son image, pousse la porte.
Les vantaux cahotent, craquent dans leurs gonds,
Ils vivent encor, l'église n'est pas morte.

Soudain, sous un ébranlement plus fort,
Ils s'entrouvrent, l'intérieur se dévoile :
« Merci, dit le prêtre, pour ce prompt renfort,
En m'aidant, tu m'as épargné bien du mal. »

« Micha, vous vouliez mon nom, le voici.
J'ai quinze ans et je n'ai plus de parents.
Je vis de l'aumône, de là et d'ici.
Mon aide vaut-elle un acte secourant ? »

Le prêtre sourit, et d'un geste doux,
Il tend la main et l'invite à le suivre :
« Entre et repose-toi. J'ai de l'amadou,
En allumant un feu, il fera bon vivre. »

Ils pénètrent tous deux dans l'édifice,
Plongé dans le silence et la pénombre ;
Sur les murs peints, l'humidité prédatrice
A dessiné des tâches comme des ombres.

La lumière déclinante du soir
Rencontre la poussière suspendue,
Elle cille autant que l'or de l'ostensoir,
Elle jonche le sol en neige épandue.

L'écho des pas retentit dans la nef,
Et jusque dans la coupole, il monte.
À l'iconostase, contre les reliefs,
Ainsi que la vague au rocher, il s'affronte.

Les cloches disparues ne sont pas seules,
Dans leurs pas, icônes et candélabres ;
De ces trésors, seule subsiste l'éteule,
Maigres reliques d'une agonie macabre :

« Voyez, ils ont presque tout emporté,
À Mangazeïa, il ne faut plus prier Dieu.
Je ne vous donnerai qu'un conseil : partez !
Que peut faire un homme miséricordieux ?

En restant, le glaive vous fauchera.
Dès que le voïvode entendra vos chants,
Avant vos fidèles, sa garde viendra,
Elle fera la messe en vous embrochant. »

« En ce cas mon fils, ce sera ainsi,
Car raviver la foi est ma mission.
Songe que pour nous, Jésus notre Messie,
A accepté sans faillir l'immolation.

Si tel doit être mon sort, je l'accepte,
C'est cet unique Seigneur que je sers.
Ma vie a été guidée par ses préceptes,
Alors ma mort le sera si nécessaire. »

La voix du prêtre, pleine d'assurance,
Vibre dans l'église comme un cristal.
Elle avive l'espoir et donne confiance,
Elle rosse la peur et chasse le mal.

Le jeune Micha se tait à présent,
Son cœur bat moins fort, il se sent en paix.
Doucement gagné par ses mots bienfaisants,
Il n'a pour ce père que plus de respect.

Batiouchka Vassili lui tend la main,
Il l'invite à approcher et lui dit :
« Viens et de la prière prenons le chemin,
Elle réchauffe les âmes refroidies. »

« Mon père, mes prières sont bien lointaines,
Je suis honteux, mais je les ai oubliées.
Je ne peux les dire de façon certaine,
Entre tous ces mots, je vais m'engueniller. »

« Alors, mon garçon, mets-toi à genoux,
Écoute mes mots et répète-les.
Au divin, nous nous adresserons en "nous" ;
La main dans la main, récitons nos couplets ! »

En entendant le prêtre bienveillant,
Micha lui prend la main et s'agenouille,
Et de l'église, dans le jour vacillant,
En soufflant la vie, ranime la dépouille.

Chant IV

Il n'est pas possible pour un seul homme
De redonner tout son faste à l'église,
Mais plus encore, d'amener sous son dôme,
Une population à la foi démise.

Batiouchka Vassili va par les rues,
Il frappe aux portes, hèle le passant,
Partout repoussé, il est traité d'intrus,
Il lit la terreur sous les airs menaçants.

Parmi ces gens, il y a des chrétiens,
Parfois, des pleurs se joignent aux insultes.
Certains lui tendent un pain et disent : « Tiens !
Prends donc ça le prêtre et retourne à ton culte. »

Batiouchka Vassili s'en va alors,
Comprenant ce qui pèse sur ces gens.
Prier à l'église leur fait craindre la mort ;
Réplique du tyran au geste outrageant.

Pourtant, de vie, ils n'en ont plus beaucoup,
Car Mangazeïa s'enfonce dans le néant.
Quelle misère d'accepter le licou,
Pour plonger ainsi dans un état déchéant !

De fidèles, le prêtre n'en a qu'un,
Le jeune Micha qui prie avec lui.
Pensif, il se dit qu'un seul vaut mieux qu'aucun ;
Que d'une graine unique sort l'arbre à fruits.

En route, il a connu pires épreuves,
Le froid, les loups, la faim et la fatigue.
À Mangazeïa, il a une force neuve,
De cette force, il doit être prodigue.

Chaque jour, il arpente la cité,
Il porte sa parole et son secours,
Il sourit à celui qui l'a insulté,
Il défait qui veut de son fardeau trop lourd.

Au nom de Dieu, il conforte et console,
Il fait le bien sans plaindre ses efforts.
Jamais il ne s'offusque ni se désole,
La fleur de la foi finira par éclore.

Dans toute sa vie consacrée au bien,
On lui a appris qu'il triomphe toujours,
Qu'en regard de la bonté, le mal n'est rien,
Qu'on ne le chasse autrement de ses séjours.

Bientôt, on vient le trouver à l'église,
Celui que l'on nomme le guérisseur.
Apeuré, on lui dit : « Votre aide est requise. »
Et aussitôt il suit son solliciteur.

Ici, il assiste un agonisant,
Là, il doit baptiser un nouveau-né ;
Chez l'humble moujik comme chez l'artisan,
Il applique un cataplasme aux cœurs peinés.

Partout, il lit le même désespoir
Avant qu'il ne prodigue ses bienfaits.
Après son départ, il ne peut qu'entrevoir
La force revenue au peuple défait.

Il sème ses graines et elles germent,
Elles poussent dans un terrain fertile.
Bientôt, leur croissance arrivera à terme,
Même sous le gel, aucun sol n'est stérile :

« Père Vassili, s'exclame Micha,
Les gens sont discrets, le tyran écoute,
Mais dans toutes les rues, je vais tel un chat,
À votre sujet, il n'y a plus de doute.

Tous sont d'accord, vous n'êtes pas espion,
Ils vous aiment comme leur protecteur.
Vous avez gagné leur considération,
Vous pourriez devenir leur inspirateur.

D'aller à l'église, ils ont envie,
C'est du courage qu'il leur manque encore.
Mais mon père, si vous voulez mon avis,
Tantôt de vos ouailles, vous verrez l'essor. »

Le pope aurait pu le croire sorcier,
Ou même diseur de bonne aventure.
Cette vision, il compte la vérifier
Dans l'ébullition des offices futurs.

Mais les jours se suivent sans changement,
Micha ne serait sorcier ou devin.
Pourtant au prêtre, il répond hardiment,
Que le temps viendra, qu'attendre n'est pas vain.

Le temps s'écoule et voici qu'un dimanche,
Premier jour de dégel sur la contrée,
Alors que ruisselle en eau la neige blanche,
Á l'église, on se presse à pas feutrés.

Une foule éparse entre dans la nef,
Silencieuse, les visages fermés,
Elle prend vite place et hoche du chef,
Le feu de la foi a été rallumé.

Batiouchka Vassili a le sourire,
Il sait sa mission déjà accomplie,
Car à Mangazeïa, il a fait refleurir
Une rose sous la neige ensevelie.

Dans l'assemblée, des jeunes, des anciens,
Des hommes, des femmes, garçons et filles,
Dans cette phalange du peuple chrétien,
Tous ne composent qu'une seule famille.

Mais dans l'église, baignée par les ombres,
La lumière frappe une paroissienne.
Elle vient l'illustrer au milieu du nombre
En éclairant sa beauté éburnéenne.

Installée entre son père et sa mère,
Un foulard fleuri ceint ses cheveux blonds ;
Elle a joint devant elle, ses mains en prière,
Il pend à son cou, une humble croix de plomb.

Ainsi illuminée, telle une sainte,
Du prêtre, elle attire l'attention.
Tout son séjour durant dans la ville éteinte,
Rien ne lui avait donné tant d'émotion.

Sur elle, la dureté de la vie
N'a pas encore jeté sa vérole.
À cette fraîcheur, une raison obvie,
De l'innocente jeunesse elle est l'obole.

Dans ses errances près des malheureux,
Le pope sait ne l'avoir jamais vue.
Comment se cacher entre les murs lépreux,
Quand d'une telle beauté on est pourvu ?

Batioushka Vassili finit l'office,
Puis se tourne vers Micha et lui dit :
« Laisse ton labeur et approche mon fils,
J'ai eu une vision qui m'a étourdi.

Qui est cette jeune fille si belle,
Que sa présence réduit les ténèbres ?
Je ne peux croire qu'elle soit irréelle,
Un fantôme échappé d'un tombeau funèbre.

Elle était pâle, ainsi qu'une morte,
Mais c'était la lumière sur son teint.
Au contraire, elle était vivante et forte,
Transportée par la prière dans le lointain. »

Micha réfléchit, il reste songeur.
Il répond ne l'avoir vu qu'une fois
Déchargée de ses oripeaux de laideur :
« Laide, d'ordinaire elle cause l'effroi.

Elle va rarement sans ses parents,
Porte des haillons et un vieux fichu.
Emplissant l'air d'un parfum malodorant,
Elle est courbée comme l'arbre trop branchu.

Pour Dieu, elle a voulu se faire belle,
Car sa beauté, il ne souillera pas.
Soyez-en sûr, ils ne sont pas tous au ciel
Ceux qui oseraient en faire leur repas.

Alors elle va, vêtue en vieillard,
Peu la connaissent sous son vrai visage.
Ainsi, elle s'évite bien des déboires,
Le lot des jeunes filles dans ces parages.

Zoya, je la connais sous ce nom-là.
Est-ce vraiment le sien, je ne peux dire.
Ce n'est pas un fantôme de l'au-delà,
Mais elle est aussi discrète qu'un soupir. »

« Et où vit-elle, demande le prêtre ? »
« Chez ses parents, aux marges de la ville,
L'isba des Panov est d'allure bien piètre,
Elle s'incline fort sur ses murs fébriles. »

Finalement, le père se retire,
La tête toute à cette jeune fille,
Qui pour son Dieu a osé se dévêtir,
Abandonnant ses salutaires guenilles.

Au repos, elle occupe ses pensées,
Les illuminant et les attristant,
Car une œuvre de Dieu ainsi éclipsée,
Ne peut qu'amener des songes révoltants.

Qu'il était heureux de la voir en gloire,
Lumineuse dans sa chaste beauté.
Cependant, que d'inquiétude à la savoir
Par les griffes du Diable si prédatée.

C’est ce mal-là qu’il faudra épurer,
Songe le père Vassili, amer.
Il sait que sa mission est démesurée,
Pour un seul homme à la vie trop éphémère.

Il comprend qu’il n’en verra pas le bout,
Qu’il s’épuisera en voulant l’atteindre,
Mais il se promet, tant qu’il tiendra debout,
De toujours avancer jusqu’à le voir poindre.

Chant V

Plus les jours passent plus s'emplit l'église.
Après la témérité des premiers,
Le courage a gagné la foule indécise
Qui rentre par les portes entrebâillées.

De la ville misérable, en grappes,
Le peuple s'évade pour la lumière,
Telle une nuée de papillons qu'elle attrape
Avant de la guider jusqu'au sanctuaire.

Elle grandit et s'unit dans la prière ;
La chaleur des hommes chasse le froid
Qui dans cette grande nef dominait hier ;
Occupée ainsi, elle a l'air trop étroit.

Des chants s'échappent de ses murs de bois,
Ils s'élèvent dans l'air, le vent les porte ;
Ils s'étendent, calment le chien qui aboie,
Ils montent, montent jusqu'à la place forte.

Forcément, ils se portent en écho,
Jusqu'à des oreilles trop aux aguets ;
Depuis le kremlin, dans ses replis cloacaux,
L'Écorcheur et ses troupes sont harangués.

Il n'a pas oublié l'offense publique,
Contre le pope, il requiert vengeance.
S'il n'a pas déjà délivré sa réplique,
C'est pour la mûrir avec plus de patience.

Il a voulu savourer son échec,
Croyant que la peur déferait la foi,
Mais il a vu l'envoyé de l'archevêque
Convaincre le peuple et installer sa loi.

Il a pensé le faire assassiner,
Il a réfléchi et s'est ravisé.
Ce n'est pas sa mort qui l'aurait chagriné,
Mais comment le tuer sans le martyriser ?

« Si je le tue, on en fera un saint,
Il pourrait bien être heureux de mourir.
Pour cela, je dois modifier mes desseins,
Par un autre moyen, le faire agonir. »

Les chants qui entrent au palais le pressent,
Ils sont adressés à un nouveau chef,
Envers ce dernier, ils ne sont qu'allégresse,
Pour l'ancien, ils sont autant de griefs.

Il fait quérir quelques hommes de main,
Choisis parmi ses brutes sanguinaires,
Et leur dit : « Ce soir, mettez-vous en chemin,
Il y a à l'église un pope à faire taire.

Attention, ajoute-t-il, il doit vivre,
Ou bien, si vous le tuez, qu'il disparaisse.
Faites ce qui vous sied, mais qu'on me délivre
De ce pouilleux et de ses chants qui m'oppressent. »

À la nuit tombée, dans le froid nocturne,
Cinq silhouettes quittent le kremlin.
Elles marchent, furtives et taciturnes,
Guidées par la lune aux reflets opalins.

Elles se fondent dans l'obscurité,
En descendant du kremlin vers la ville.
Elles progressent avec agilité,
Juste trahies par des lames qui rutilent.

Entre les masures, dans les rues vides,
Embrumées dans la vapeur de leur souffle,
Elles s'avancent vers leurs tâches sordides
Sans précipitation et sans baroufle.

Il ne faut pas éveiller la cité,
Ajouter les troubles au sacrilège,
Près du peuple, il n'est pas temps d'ébruiter
Le triste sort de l'homme qui le protège.

À ceux qui les verraient, elles promettent
La force du poing, le fil de l'épée,
Mais pour témoin, il n'y a qu'une chouette
Qui de son refuge vient de s'échapper.

Á l'église, elles sont maintenant,
Perfides, le coutelas à la main.
Imaginer leur crime rend bouillonnants,
Ces bandits pour qui c'est un geste commun.

Furieux, ils pénètrent dans l'édifice,
Qu'irradie la lueur des candélabres.
Micha les noie, mais entendant la milice,
Il tourne vers elle son visage glabre :

« Pardonnez, si voilà le couvre-feu,
Je vais souffler ces bougies prestement.
On ne doit pas gaspiller le gras suiffeux,
Soyez-sûr, je m'en excuse platement. »

Sa mine vire pâle, sa voix tremble,
Ce n'est pas une affaire de chandelle.
Ces hommes tirent leurs armes tous ensemble,
S'ils ont une intention, elle est criminelle :

« Où est le prêtre ? » demande l'un d'eux,
Grondant de rage et brandissant son arme ;
Ses trois complices jettent leurs yeux hideux
Dans toute l'église, où ils font vacarme.

Les portes de l'iconostase s'ouvrent,
Batioushka Vassili quitte le chœur.
Ses traits se tendent, car voilà qu'il découvre,
En plein saccage, les bandits ravageurs.

Qui sont-ils, il ne le demande pas,
À quoi bon, puisqu'il connait la réponse ?
Ils écartent leurs lames tel un compas ;
Dans leur fer aiguisé, le crime s'annonce :

« Tu es prêtre ? Le nommé Vassili ? »
Tempête leur chef d'un air menaçant.
Le pope, pour apaiser cette folie,
Les conjure de ne pas verser le sang.

Alors le chef répète sa question,
Plus en colère et plus furieux encore,
Et le prêtre, espérant conciliation,
Acquiesce de la tête et d'un ton accort :

« Abaissez vos armes, je vous en prie,
Vous occupez la maison du Seigneur.
Les élever entre ces murs est proscrit,
Devant Dieu, elles ne rendent pas meilleur. »

« Vermine, de Seigneur je n'en ai qu'un !
Le tien est le fantôme des pouilleux.
Il faut être de la paille du faquin
Pour honorer un crucifié comme un Dieu !

C'est pour servir le mien que je suis là,
Tu vas apprendre qui est le vrai maître.
De mon épée, tu ne goûteras le plat ;
Tu vas tâter l'estoc réservé aux traîtres !

Mais avant, vois si ton Dieu te protège,
Et s'il protège ce jeune garçon.
Aimable, je te laisse le privilège
De le regarder, fauché comme à moisson. »

Sur ces mots, l'assassin brandit sa lame
Et l'abat sur le cou du malheureux.
Sitôt le sang, rougeoyant telles des flammes,
S'échappe du mort en élans généreux.

Le cadavre étêté fait quelques pas,
Puis croule au sol, surplombé par les anges.
Depuis leur coupole, témoin du trépas,
Elle est bien figée, leur divine phalange !

En même temps, la tête roule et roule,
Jusqu'à venir heurter le pied du pope.
Semant ses gouttes vermeilles qui s'écoulent
Sur le cuir de la chaussure qu'elle achoppe.

Le prêtre, frappé par ce chef sanglant,
Recule devant autant de cruauté.
Il s'agenouille et dit d'un ton sibilant :
« Pour mon Dieu, vous pouvez me décapiter.

Pour votre Seigneur, vous semez la mort,
Au mien, je suis prêt à donner ma vie.
Malgré vos épées, il n'est pas le plus fort,
Ce démon abject qui vous a asservis. »

Mais le meurtrier rengaine son épée,
Laissant sur elle le sang coaguler.
Du fond de sa gorge, il fait s'échapper
Un rire qui sort de sa bouche égueulée :

« Ta mort n'intéresse pas mon Seigneur,
Il ne veut pas que tu sois un martyr.
Du moins, pas ici aux yeux de tes pécheurs
Que ton trépas finirait d'empuantir.

Non, tu vas disparaître aux yeux de tous,
Et même les tiens ne te verront plus.
Tu vas mourir, mais ta mort sera plus douce,
Tu ne la verras pas t'offrir le salut. »

Sur ce, deux hommes saisissent le prêtre
Qu'ils enserrent fort de leur poigne ferme.
Sous les rires machiavéliques des reîtres,
De son destin, Vassili attend le terme.

L'assassin défouraille un coutelas,
L'éclat de la lune s'abat sur lui ;
Les yeux du pope souffrent déjà son flat,
C'est la dernière lumière avant la nuit.

Ce n'est ni à la gorge ni au cœur
Que le bandit veut frapper sa victime ;
S'il marche vers elle, c'est en éborgneur,
Ce sont ses deux yeux qu'il réclame pour prime :

« Ne bouge pas, ou bien ce sera pire,
Dit-il avec un sourire pervers.
Tes orbites seules, je veux désemplir,
Mais d'un mouvement, ton nez je peux défaire. »

Pour masquer les cris, les tortionnaires
Gloussent en infernales railleries.
Donnant à la torture l'air débonnaire
De ceux qui répètent une pitrerie.

Le geste est facile pour le bourreau,
Sans hésiter, il retire les globes.
Ils gisent dans sa main tels deux bigarreaux ;
Quand le nerf est la queue, l'humeur est la robe.

Exalté devant le fruit de son art,
Il lui plaît de l'admirer un instant.
Tout autour de lui ses complices braillards
Piaffent comme des charognards exultants.

Il glisse les deux globes dans un sac,
Pour pouvoir les montrer à son seigneur,
Et recevoir, du maître pandémoniaque,
Contre son cadeau sanglant, tous les honneurs.

Il accroche le sac à sa ceinture,
Puis ordonne de relever le prêtre.
Il gît sur le sol sans pousser un murmure,
Et s'il n'est pas mort, il pourrait presque l'être.

Sur ses joues, sous ses deux orbites creuses
Ainsi que des abîmes ténébreux,
Des sillons sanglants marquent la peau cireuse ;
Larmes immuables dans le derme poreux :

« Emportez-le, il faut jeter ce corps.
De ce garçon, nul ne se souciera.
Mais ce prêtre pourrait nous gêner encore,
Il n'en va pas autrement avec les rats.

Le maître ne veut pas qu'on l'assassine,
Mais nous pouvons le faire disparaître.
Les cafards retrouveront la discipline
Quand ils croiront que leur chef a fui en traître.

Je m'en vais donner ceci au voïvode,
Deux yeux pour lui prouver notre allégeance.
Et vous, profitez de la nuit bien commode
Pour jeter loin d'ici cette pestilence. »

Ainsi que leur chef leur a ordonné,
Les bandits portent le prêtre blessé.
Ils s'en vont hors de la ville abandonner
Son corps mortifié à l'herbe d'un fossé.

Il respire encor, mais est inconscient.
Saisi de pitié, l'un des assassins
Désire écourter son martyr suppliciant ;
Sa requête fait rire les spadassins :

« Allons, répond l'un d'eux. C'est inutile.
Le froid ou les loups feront le travail.
Puis s'il est trouvé par des gens de la ville,
Il ne faut pas qu'il soit percé aux entrailles.

Le corbeau peut avoir mangé ses yeux,
Les loups peuvent dévorer sa charogne,
Mais un trou dans sa chair rendrait suspicieux
Même le plus incohérent des ivrognes.

Il nous faut l'abandonner à son sort.
Tant pis pour lui, il l'a bien mérité.
Sur ces terres, règne la loi du plus fort,
Sa mort, de son Seigneur est la volonté. »

Leur forfait accompli, les criminels
Retournent au kremlin au point du jour,
Et derrière les murs de la citadelle,
S'ébaudissent de leur crime sans détour.

L'aube s'étend sur les terres du Nord,
Sa lumière glisse dans tous les yeux,
Hormis pour celui qui gît à demi mort,
Plongé dans la nuit sous la clarté des cieux.

Chant VI

La ville s'est éveillée sans son prêtre,
À l'église, elle a vu son malheur.
Mort et sang, un crime vient de se commettre ;
Un enfant gît, tué par un assassineur.

C'est Micha dans cette tête et ce corps,
Et ces macules sombres qui coagulent.
Elles s'étendent en rus versicolores ;
Dans les creux du bois sèchent leurs panicules.

Mais il n'y a nulle trace du père
Ni dans l'église ni dans la cité.
On retire seulement d'une fondrière,
Un bout de soutane, de sang humecté.

Au-delà de la fosse, la forêt
Sur laquelle se lève le brouillard ;
Le soleil du matin le force au retrait
Quand du cœur des hommes, il ternit l'espoir.

Abri du loup cruel, du chat-huant,
Le chasseur aguerri connait ces bois.
Il sait bien qu'au fil de leurs chemins sinuants,
Le chasseur peut vite devenir la proie.

Dans les esprits les questions sont nombreuses,
Elles flottent entre inquiétude et peur.
Si Mangazeïa redevient la ténébreuse,
Son peuple se voit gagner par la stupeur.

Le phare de la ville s'est éteint,
Et le nom du coupable se murmure.
Il n'y a que l'Écorcheur et ses hutins
Pour accomplir si terrible forfaiture.

La rumeur court, le peuple grogne et râle.
Certains enterrent Micha, d'autres prient.
Pourtant, aucune colère magistrale
Ne gagne les cœurs, n'envahit les esprits.

La résignation relaye la révolte.
À quoi bon ? Pour qui ? Pour quoi ? Comment faire ?
Du commun mis au défi preste est la volte
Sans un chef aussi hardi que téméraire.

L'Écorcheur a les épées, les canons
Et la certitude de sa grandeur ;
Il a su assimiler à son seul nom
Le joug cruel et le règne de la peur.

Les jours passent, pour tous le père est mort,
Mangé par les loups, gelé par le froid.
L'Écorcheur même croit connaître son sort
Quand des murailles, il regarde les bois.

Dans Mangazeïa se répand l'apathie,
Qu'accompagne toujours le fatalisme.
Terne est la lueur des faciès décatis,
Triste est le désespoir, voilà bien un truisme !

Du voïvode, les soldats vont et viennent,
Bruyants, grossiers, ils sont les seuls à rire.
Au kabak, ils se saoulent, traitent de chienne
La tenancière qui ne veut les fourbir.

Promptement, ils boivent le tord-boyau
Qui les grise et les rend entreprenants.
À leur réputation, ils restent loyaux,
C'est de tous les péchés qu'ils sont bouillonnants.

Mais mollis par l'alcool, lourds du repas,
Ils se contentent des mots et des mains.
Ils s'en vont sans approfondir les appâts
D'elle qui encor les saoulera demain.

Ils tanguent, ivres dans les rues boueuses,
L'un d'eux surtout qui a beaucoup trop bu ;
Il chute et reçoit les moqueries railleuses
De ses amis qui le laissent en rebut :

« Toi, vieillard, dit-il alors au passant,
Viens et relève-moi où je te saigne ! »
Camouflé dans ses haillons avilissants,
Le vieillard voudrait être une musaraigne.

Mais il est là et ne peut refuser
D'être charitable pour le soldat.
À terre, c'est de l'aide qu'il vient gueuser ;
À l'homme en détresse, on répond « oui-da. »

Le vieillard se penche et agrippe un bras
Du lourd soldat qui titube en armure.
Il chute encore et traite de scélérat
Son bienfaiteur à la gracile carrure.

Empressé, il saisit alors ses hardes,
Et ferme sur elles son gantelet.
Il se lève, mais la béquille est faiblarde,
Avec elle, il retourne s'affaler.

La colère le gagne, il s'emporte,
Il veut poignarder son Samaritain.
Il n'aime point être moqué de la sorte
Par les faibles qu'il traite en menus fretins.

Il prend son couteau, s'apprête à frapper
Le faible vieillard gisant dans la fange.
Mais voici tout à coup son élan sapé ;
À la place du vieillard se tient un ange.

Son capuchon a glissé de sa tête,
Offrant à la vue deux tresses dorées.
Ce n'est pas un vieillard, mais une minette
Par la suie et les hardes bien déparée.

Sa peau sale, son odeur aigrelette
Ne font pas d'elle une fille avenante.
Mais le soldat, sous cette triste toilette,
Flaire sans mal sa beauté acoquinante.

Il regarde ses yeux, tâte sa joue,
Sent sous la bure, la douceur d'un sein.
À la femme, seuls suffisent ces bijoux,
Pour du scélérat, façonner les desseins.

Il ne songe plus à la poignarder,
Son couteau disparaît dans son fourreau.
Il est saoul, mais trouve fort achalandée
Cette enfant qu'il tient sous ses poings de maraud.

Il veut relever sa robe grossière,
Il veut élargir ce col trop étroit.
Il veut la voir nue dans la boue de l'ornière
Et au milieu de la rue, forcer sa proie.

Elle ne crie pas et ne sait quoi faire,
Saisie par la violence de l'outrage.
Muette sous l'étau du cuir et du fer,
Déjà le soldat la croit rendue et sage.

Il veut l'embrasser, son haleine empeste ;
Vers sa victime il tend sa gueule infecte.
Il veut s'introduire comme le dermeste
Entre dans la charogne qui le délecte.

Mais les vapeurs d'alcool, l'odeur de suif,
Le souffle bestial, les dents carnassières,
Viennent tirer de son abandon passif,
Celle qui est prise au filet du rétiaire.

L'homme est lourd et s'appesantit sur elle,
Son armure comprime sa poitrine.
C'est assez, croit-il, pour tenir son oiselle
Et dompter chez elle, les ruades chafouines.

Il est lourd, mais l'ivresse le domine,
Peu vigilant, le geste maladroit,
Il n'enserre pas l'objet de sa rapine
Aussi fort que le serpent serrant sa proie.

La jeune fille le frappe au visage,
Le coup, soudain, surprend son agresseur.
Il jure, crie et vocifère de rage,
Contre sa prise et ses mouvements rueurs.

Saisi de folie, il veut son poignard,
Pour soumettre ou égorger son gibier.
Mais dans le vide, sa paume vient échoir,
Car une main déjà l'a défouraillé.

Cette main juvénile est malhabile,
Mais puissante est l'âme qui la commande,
Et voici que le poignard glisse son fil
Dans le scélérat que la fille truande.

Elle a trouvé une faille à la cuisse.
Elle ne l'a pas tué, mais c'est assez
Pour renverser et dégager l'immondice
Qui en crasses et rosseries l'empoissait.

Elle se libère de son étreinte
Et se relève avec agilité.
Il se tord dans la boue, extirpe la pointe
Et dans la jeune fille veut la planter.

Mais il est ivre et ne peut pas marcher,
Et dans la rue, elle court éperdue,
Il lui crie qu'elle ne pourra se cacher
Et qu'au gibet, elle finira pendue.

Elle entend, mais file sans s'arrêter.
Elle est essoufflée, son cœur bat si fort
Qu'elle frémit de le sentir éclater,
Victime de l'émotion et de l'effort.

Bientôt, la voix du soldat se dissipe
Et reste seulement dans ses oreilles,
Le bruit de ses dents qui se choquent et ripent,
Et de son cœur, les battements sans pareil.

Elle arrête sa course et se retourne,
Pour constater qu'elle est seule, bien seule.
Dans le ciel, même le soleil se détourne,
Il s'enfuit vers l'ouest ; le voilà bien veule !

Avec hâte, elle gagne l'isba,
Où ses parents la trouvent à pleurer.
Ses haillons crottés racontent son combat
Plus que les mots qu'elle n'ose murmurer.

Elle montre sa main, du sang la couvre :
« Ce n'est pas le mien », dit-elle apeurée.
Comme sa mère la calme et la découvre,
Ils voient sur leur fille des marques pourprées :

« J'ai pu m'enfuir, mais ils vont me trouver,
Ils vont abuser de moi et me pendre.
Ma vie est perdue, mon âme est à sauver ;
Là-haut, mes chers parents, j'irai vous attendre.

Je sais que Dieu aime ceux qu'il éprouve,
Mais j'espère un peu de miséricorde.
Le corps torturé, il faudra que je prouve,
Un plus grand courage que devant la corde. »

Visages graves, ses parents sont muets,
Ils devinent bien ce qui s'est passé.
Leur sage fille, par un homme infatué,
En guise de mots doux, s'est fait agresser.

Le coupable n'est pas un villageois.
Dans le regard effaré de leur fille,
Il n'y a qu'une raison à cet effroi,
Elle a résisté aux affronts d'un soudrille.

Elle dit vrai, ils la retrouveront,
Ces marauds tout de fer et de furie.
Dans leur forteresse, ils l'emporteront,
Prix à payer pour sa folle crânerie.

Ils voudront la souiller, l'humilier,
Ôter ses hardes et pas seulement,
Plus immondes, ils jouiront de l'exfolier,
Écorchant sa peau avec raffinement.

Ils la mettront, morte ou agonisante
Á une corde, pendue aux murailles,
Le vent séchera sa carcasse saignante,
Le noir corbeau dévorera ses entrailles.

Pour l'enfant, ils n'auront nulle pitié,
À ses parents, ils ne rendront le corps.
Ainsi le peuple séditieux est châtié,
Quand il oublie que L'Écorcheur tient le mors.

Dans la pauvre isba, le chagrin s'abat :
« Seigneur, est-ce vraiment ta volonté ?
Pourquoi affliger tes ouailles ici-bas ?
Conduire au mal tant d'innocente beauté ? »

Le père est éploré, la mère dit :
« Mon cher époux, le Seigneur la demande,
Elle sera sainte dans son Paradis.
Dieu est cruel, mais la récompense est grande. »

Mais le père s'exclame : « Impossible !
Je ne peux pas voir ma fille pendue,
Attendre que de leurs trous les vers la criblent,
Sentir sa chair pourrie dans l'air suspendu.

Il lui faut s'enfuir, partir loin d'ici.
S'il la veut, Dieu la prendra avec lui,
Non le Diable échappé de ses murs noircis ;
La mort peut être la lumière ou la nuit. »

« Où aller ? Il y a tant de dangers.
La débâcle grossit sur la rivière,
Touroukhansk, sans cheval, comment y songer ?
Car la route sait se faire meurtrière. »

« Non, femme, ne songeons pas à la route.
Elle est gardée et la rivière aussi.
Les soudards observent depuis leur redoute,
Leurs yeux sont aussi aiguisés que la scie.

Il y a dans la forêt des cabanes,
Elles servent d'abris pour les chasseurs.
Voilà pour notre fille un refuge idoine ;
Je serai son guide et son ravitailleur. »

« Soit, mon époux, si tu peux la conduire.
La forêt est dangereuse mais juste.
À Zoyechka, elle ne voudra pas nuire
Et la veillera sous ses branches robustes. »

Vivres et habits chauds sont préparés,
Autant qu'en peut le modeste foyer.
La nuit vient et l'heure de se séparer,
Les patrouilles bientôt vont se déployer.

Il faut faire vite, car elles fouillent,
Frappent aux portes, dénudent les femmes,
Et cherchent mieux qu'une mère qui épouille
Les pauvres vêtements de sa petite âme.

Dans la nuit, deux figures se faufilent,
La troisième les regarde partir.
Deux se fondent dans les arbres immobiles,
La troisième prie Dieu pour ne pas faillir.

Chant VII

Sous les arbres et leurs ramées épaisses,
Il fait aussi noir que dans un abîme.
Mais la fille court et son père la presse,
Le salut ne viendra pas au cacochyme.

Pierres et racines leur font entraves,
Les branches souples fouettent leurs joues.
Parfois, un tronc pourri gît comme une épave,
Des éléments, il n'a supporté le joug.

Les fuyards ne regardent pas derrière,
Ils ne savent que trop bien ce qu'ils fuient.
Silencieux, pensant à l'épouse et la mère ;
Ils guettent dans le vent le moindre bruit.

Ils n'oient bientôt que leurs pas et leurs souffles,
Et ne voient plus rien aux rayons de lune.
Le père s'arrête et ôte ses mitoufles,
Il met le feu à une torche opportune.

Elle s'embrase, sa flamme vacille
Et révèle dans son halo ardent,
Les frondaisons des arbres qui en faucille
S'éploient et se courbent sur les impudents.

Ces titans de bois, au pal de leurs branches,
Menaçants, semblent vouloir embrocher
Ces créatures, qui malgré leur mine franche
Portent avec elles, le feu du bûcher.

Mais c'est seulement le vent qui les meut,
Et le grand âge qui les fait craquer,
Les deux intrus, entre les arbres rameux,
Allongent leur pas pour du bois s'extriquer.

Le père, chasseur, connait les chemins,
Mais pour avancer, sa flamme est chétive,
Dans l'épaisseur de la nuit, rien n'est commun,
Tout est ombre noire et esquisses furtives.

Cependant, il n'y a ni ours ni loup,
Car à l'éclat du flambeau qui brasille,
Ne répond en miroir aucun reflet flou,
Nul œil scintillant qui guette et s'écarquille.

Père et fille marchent sans s'arrêter,
Point de repos avant d'être arrivé.
Zoyechka le comprend, et bien qu'éreintée,
Elle oublie sa peine et va sans rétiver.

Le chemin s'incline entre les bouleaux,
Un ruisseau coule ici les mois d'été,
Mais il ne roule pas encore ses eaux,
Son manteau de glace ne l'a pas quitté.

Il est franchi sur un pont de fortune,
Et au-delà, s'élève une cabane.
Couverte d'une mousse d'un vert lagune,
Ses murs s'infléchissent parmi les bardanes.

Du refuge, le père ouvre la porte.
Il est fort modeste, froid et humide,
Sous le plancher se dérobent les cloportes
Que le feu de la torche a rendu timides :

« Ainsi, mon père, je dois vivre ici,
Loin de vous, mes parents, recluse et seule.
Plus que de la mort, j'ai peur de l'autarcie,
Dans ma tanière, cloîtrée comme le greul[18]. »

« Tu es ma fille, forte et courageuse.
Ici, il n'y a plus de zibeline,
Nul ne vient dans cette cabane piteuse,
La nature sera ton hôte et voisine.

Jour et nuit, elle n'est pas sans danger.
Garde avec toi ce couteau et ces vivres
Pour t'alimenter et pour te protéger.
Je te dis, la mort vaut moins que de survivre.

Je te porterai d'autres provisions,
Tu peux boire l'eau claire du ruisseau.
Ne t'éloigne pas et pas de distraction,
Il te faut te méfier du moindre arbrisseau.

Quand le froid aura gagné son palais,
Que la rivière sera bien en eau,
Que l'herbe et la boue ne seront plus mêlées,
Touroukhansk nous verra réunis à nouveau. »

Zoyechka sait que c'est pour dans longtemps,
Que ce temps, peut-être, ne viendra point.
Mais dans les flammes du brandon crépitant,
Elle ne laisse voir qu'un sourire en coin.

Elle a une paillasse, quelques brocs,
Un toit pour la pluie, des murs pour le vent,
Mais cette cabane, même sans barreau,
Pour la fille seule est un havre éprouvant.

Pourquoi ne me suis-je pas laissais faire ?
Pourquoi ai-je affronté mon assaillant ?
Si j'avais accepté la peine éphémère,
De Dieu, j'aurais été l'agneau obédient.

Le chagrin nourrit ses sombres pensées
Et fait éclore à tort d'amers regrets.
Mais comment parvenir à les effacer
Quand on est une enfant tenue au retrait ?

Elle coupe le pain avec son père,
Mange à peine, mais veut paraître brave.
D'une voix assurée, elle fait ses prières,
De son malheur, elle ne veut être esclave.

La torche s'est consumée, il fait noir ;
Son père partira l'aube venue.
Ils se couchent, mais l'abri n'est qu'un veilloir,
Personne ne dort sur ses planches chenues.

Chant VIII

Le jour vient et disperse les ténèbres,
L'aube a la teinte des troncs de bouleaux ;
Sa blancheur s'abat tel un linceul funèbre,
Sa clarté expose larmes et sanglots.

Le père part, sa fille les retient,
Puis il disparaît et ses pleurs s'écoulent,
Elle laisse aller son chagrin diluvien,
Ce chagrin qui l'a rassasiée tout son soûl.

La voilà seule comme une orpheline,
Assise dans l'herbe de la clairière ;
Dans le ciel s'étendent des trainées violines
Esquissées par la nature pastellière.

Le soleil vient, mais il ne chauffe rien,
Ni l'herbe moite ni les cœurs meurtris ;
Il n'éveille que les oiseaux musiciens
Qui chantent leur joie presque en effronterie.

Elle ne sait pas quoi faire, où aller,
Elle détrempe sa robe au gel blanc.
Elle gît au sol, petite âme esseulée,
La tête pesante et le corps chancelant.

Elle attend, immobile, sans envie,
Elle pense à Dieu, à son triste sort ;
Son apathie et sa torpeur sont obvies,
Son destin a changé si vite et si fort.

Pour ses parents aussi, elle s'inquiète.
Un villageois ne pourrait-il parler ?
Auprès des soudards, pousser sa chansonnette,
Pour quelques piécettes de sang maculées ?

Pour Mangazeïa aussi, elle s'inquiète,
Les soudards ne pourraient-ils se venger ?
Et à défaut de dénicher sa cachette,
Dans toute la ville, aller fourrager ?

Elle pense, pense trop à demain,
Et dans son présent ne voit que l'attente.
Elle croit, mais son esprit n'est pas immun,
Contre les maux qui viennent en déferlante.

Aussi forte que soit la foi divine
Nourrissant le cœur et l'âme des hommes,
Elle devient une puissance génuine
Que pour de rares élus du Saint Royaume.

Zoyechka est assise, elle attend,
Elle espère un présage dans le ciel,
Mais sauf le soleil et le jour éclatants,
Elle ne voit nul signe providentiel.

Le jour avance, plus chaud puis plus froid,
Les heures s'égrènent, elle frissonne.
Alors, elle ose quitter son désarroi
Qui sous son joug, la tenait faible et atone.

Dans la cabane, elle se retire,
Elle jette du bois sec dans le poêle.
Au mur, une icône lui lance un sourire
Qui agit sur elle en plante officinale.

C'est la Vierge, peinte naïvement,
Mais elle sourit d'un sourire doux,
Ce pli des lèvres pincées furtivement
Porte en l'âme de Zoyechka le redoux.

Aussitôt, elle récite une prière.
D'un faible appétit, boit l'eau, rompt le pain,
Puis, sur sa couche de chanvre et de bruyère,
De son âme, elle entreprend le repeint.

Les jours se succèdent, elle est moins triste,
Mais pas moins confuse et préoccupée.
Elle a accepté son état, fataliste,
Mais le doute et l'ennui viennent la happer.

Les journées sont longues, répétitives,
La clairière, bordée de forêts denses,
Pour Zoyechka est étroite et restrictive,
Elle est l'unique champ de son existence.

Dans la forêt, trop de dangers la guettent,
Elle craint moins le loup que de se perdre.
Des arbres, elle contemple la diguette,
Dernière frontière pour ne point s'éperdre.

Elle mange, elle boit, elle dort,
Elle s'étend sur l'herbe, au soleil,
Elle fait des fagots et lave son corps
Qui à l'eau fraîche du ru vire vermeil.

Quand la solitude pèse trop lourd
D'ennui et de pensées mélancoliques,
Elle chante alors, comme font les pastours
Qui fredonnent, rêveurs, des airs bucoliques :

« Ô branche, toi, branchette de bouleau !
Pourquoi branchette brûles-tu si mal ?
Est-ce que la mère t'a mouillée à l'eau ?
N'as-tu pas séché à la chaleur du poêle ?

Petites amies, petites colombes,
Couchez-vous, car vous n'attendez personne,
Mes douces amies, c'est à moi qu'il incombe
De ne pas dormir dans la nuit monotone.

Le petit lit est prêt pour mon ami,
Moi la toute jeune, je dois veiller.
Mais je m'éveille, je me suis endormie,
Le calme règne, il n'est pas au foyer.

Puis je m'endors une deuxième fois,
Et je m'éveille à nouveau, si coupable.
Mes yeux tristes regardent l'orée du bois ;
Ils voient seulement des spectres incernables.

Je m'abandonne une troisième fois,
Et c'est l'aurore qui m'ouvre les yeux.
Je souris, car il est là comme autrefois,
Il arrive dans le jour, frais et gracieux. »

Pour Zoyechka, ainsi passent les jours.
Mais les vivres baissent, où est son père ?
Après une dizaine dans ses séjours,
Le pain se fait rare dans sa gibecière.

Voici qu'à nouveau son cœur s'alourdit,
Elle songe aux raisons de son absence.
De sa promesse, il ne s'est pas dédit,
Son père, jamais, n'a trahi sa confiance.

Elle passe long temps près du ruisseau,
Lavant à l'eau claire sa chevelure.
L'eau glisse et se fond entre les blonds rinceaux,
Mais elle ne se soucie de sa parure.

Elle brille déjà comme l'aurore,
Elle est plus douce que la zibeline.
Près du ruisseau, elle attend le réconfort
De voir son père qui vers elle chemine.

Mais aussi loin que porte son regard
Et aussi longue que soit son attente,
Seuls sortent des buissons les oiseaux fuyards
Qui donnent l'alerte en piailleries chuintantes.

Tous s'envolent car ils sont effrayés,
Peut-être bien par la venue d'un homme.
Pourtant, nul pas lourd sous les arbres feuillés ;
Ramée naissante qui se tend en vélum.

C'est peut-être une biche au pas léger,
Moins timide et farouche que les autres,
Venue pour prier Zoyechka de partager
L'eau de son ruisseau comme les bons apôtres.

Mais à présent, les oiseaux se sont tus,
Elle entend distinctement tous les sons,
Derrière elle approche une bête pattue
Qui tels les oiseaux est sortie d'un buisson.

L'animal est lourd et grand mais véloce,
Zoyechka sent son souffle sur sa nuque ;
Ce n'est pas une biche mais un molosse,
Dont l'odeur de mort s'exhale comme un suc.

Zoyechka n'a pas son couteau sur elle
Et sait qu'elle ne pourra se tourner ;
Que face à un loup, il n'y a pas de duel,
Qu'elle finira sous sa dent, décharnée.

Elle clôt ses yeux et se met à prier,
Sans résister, la mort sera rapide.
Sa gorge, il l'aura si vite broyée
Qu'elle ne verra couler son sang vivide.

Elle songe qu'il y a pires fins,
Elle n'est triste que pour ses parents.
Son père la trouvera en abat-faim,
Verra épars ses restes incohérents.

Dans les ténèbres de ses deux yeux clos,
Toute concentrée sur le vent léger,
Elle entend distinct, chanté par les bouleaux,
Un air doux qui vient cette mort louanger.

Elle n'est plus sensible au temps qui passe,
Un instant devient une éternité,
Une éternité devient moment fugace,
Entre eux subsiste une mince ténuité.

Pourtant, elle attend, prie les deux mains jointes,
Ses veines vibrent encor de son sang.
Sur sa gorge, le loup ne sert son étreinte
Ni plonge ses crocs dans son corps innocent.

La trouve-t-il trop maigre et décharnée ?
Est-il perplexe devant une femme ?
Torture-t-il sa proie d'un jeu raffiné ?
A-t-il de la pitié pour une bonne âme ?

Sur l'herbe abondante de la clairière,
Brisant fougères et branches caduques,
Quelqu'un d'autre s'avance avec caractère,
Semblant frotter au sol l'ourlet de sa huque.

Le son est trop étrange pour un loup,
Ce son n'appartient pas à la forêt.
Ce n'est pas celui d'un biriouk[19] jaloux
D'abattre sur son gibier le couperet.

Zoyechka n'ose pas se retourner,
Sa peur domine la curiosité,
Elle ne veut voir qui va l'exsanguiner,
Du loup ou de l'autre qui vient prédater.

Mais l'instant d'après, elle vit toujours,
Et dans sa gorge tendre, pas de crocs ;
Dans le vent, une voix lui porte secours :
« Reviens donc le loup, ce n'est pas un perdreau !

Cet animal a peur, mais ne fuit pas,
Il murmure, mais il n'a pas de cri,
Il respire fort, devine son trépas,
Ces bois sauvages ne sont pas sa patrie.

Qui es-tu donc mon enfant ? D'où viens-tu ?
De ces lieux, tu n'es pas l'hôte ordinaire.
Ne crains rien de cette rencontre impromptue,
Ni moi ni ce loup ne sommes sanguinaires. »

Cette voix, Zoyechka la connait bien.
Ouvrant les yeux, elle ose se tourner,
Pour voir d'abord ce loup gros comme deux chiens
Jeter sur elle son regard safrané.

Elle distingue presque son reflet,
Au milieu des deux prunelles luisantes,
La sclère jaune danse autour en ballet
De flammes si tumultueuses qu'obsédantes.

Tout son pelage est du gris de la cendre,
Sa langue rosâtre pend de sa gueule,
Elle vient dissimuler de sa chair tendre,
Deux crocs qui comme les yeux ne vont pas seuls.

Après que sa frayeur s'est dissipée,
Elle voit celui qui lui a parlé :
Un homme. Par la stupeur, elle est frappée,
C'est le bon prêtre de haillons affublé.

C'est le bon père Vassili, debout.
Appuyé sur un bâton, il est frêle ;
De ses loques, il a déchiré un bout
Qui sur ses yeux peint en rouge deux ocelles.

Chant IX

Zoyechka, après s'être ressaisie,
Fait venir le prêtre dans la cabane.
Le loup, avec une grande courtoisie,
S'allonge sur le seuil à la place idoine.

Zoyechka donne le pain et la soupe
Au père Vassili qu'on croyait mort.
Elle dit n'avoir jamais cru l'entourloupe,
La fuite dont L'Écorcheur l'accuse à tort :

« Certains disaient que vous étiez parti
Et que vous nous aviez abandonnés.
Ces menteurs, L'Écorcheur les a pervertis,
Avec lui, il y a trop d'acoquinés. »

La jeune fille a beaucoup de questions,
Mais elle se tait, n'osant les poser.
Elle devine les mortifications ;
Sous le pansement, les orbites creusées.

Elle reste coite, n'ose parler,
Elle n'a pas encore dit son nom.
Au pope, cette délicatesse plaît,
Et c'est lui qui lui demande son prénom.

Elle répond Zoya Alexeïevna ;
Entendant ce nom, le pope est surpris.
Il songe à cette enfant qui le fascina,
Baignée de la lumière du Saint-Esprit.

Elle raconte alors sa triste histoire
Qui l'a menée au cœur de la forêt ;
Son agression, sa fuite et son désespoir,
Le sort de ses parents qui lui est secret :

« Mon père devait me porter des vivres,
Mais je vous ai servi mon dernier pain,
Et je crains bien que la mort ne me délivre
Comme elle libère du clapier le lapin. »

Le récit qu'il entend émeut le pope,
La voix de Zoyechka vibre et trémule,
Il faudrait plus qu'une médecine acope
Pour vaincre ce chagrin devenu mérule.

Il demande sa main, elle lui donne.
Elle est froide et douce comme l'ivoire.
Pour lire la douleur dans ce membre atone,
Le prêtre aveugle n'a pas besoin de voir.

Il tente de la rassurer et dit :
« Je sais ton histoire, voici la mienne.
Elle est sombre, mais tu es fille hardie,
Tous deux au même démon devons nos peines.

Par respect, tu n'oses le demander,
Mais oui, ils ont pris mes yeux, et commis
Avant ça un crime que j'ai regardé ;
J'ai emporté avec moi cette infamie.

Ils ont supplicié mon servant d'autel,
Fait rouler sa tête jusqu'à mes pieds.
Mais c'était moi l'offrande sacrificielle
Réclamée par le maître de ces meurtriers.

Je ne sais pourquoi ils ne m'ont tué.
Voulaient-ils juste me faire souffrir,
Par leur torture, me faire conspuer
Le nom de Dieu qui aurait dû me chérir.

Craignaient-ils que le peuple se soulève,
En découvrant mon corps dans le lieu saint ?
Je doute fort que la ville eût pris le glaive
Pour un malheureux pope et son sacristain.

Ainsi, ils m'ont jeté hors de la ville,
Laissé à ma douleur dans un fossé.
Moribond, je n'étais qu'un être débile
Que les loups se chargeraient de dépecer.

J'aurais pu m'abandonner à la mort,
Mais cela aurait été un suicide ;
Privé de la vue, tel n'était pas mon sort,
Il fallait que Dieu soit toujours mon seul guide.

Rampant sur la terre froide et humide,
Je glissais dans la boue et dans la neige,
J'avançais maladroit comme un invalide
En tâtonnant dans le noir sur le sol grège.

Je ne savais où je devais aller,
Aller à la ville ou dans la forêt,
Un moment, il me vint l'idée d'appeler,
Me disant que cela vaudrait mieux qu'errer.

Mais les assassins étaient-ils partis ?
Ne viendraient-ils pas me couper la langue ?
J'ai choisi les loups aux brutes perverties
Et j'ai réuni toutes mes forces exsangues.

Je me suis traîné, tentant d'aller droit,
Cela n'est pas facile dans la nuit.
Quand on est aveugle, rien ne va de soi,
Et je n'arrivais pas à me fier aux bruits.

Alourdi par la boue, les mains gelées,
Le Seigneur verrait mon envie de vivre,
Mais je sentais mon courage s'ébouler,
Je me demandais même, pourquoi poursuivre ?

J'avais si mal et tout était si noir,
Je n'étais ici ni au paradis,
C'était probablement comme au purgatoire,
Mais je traînais encore ce corps maudit.

Puis ma main a touché l'écorce dure
Du tronc d'un bouleau qui s'élevait là ;
De la forêt, j'avais atteint la bordure,
Il ne me coûtait rien d'aller au-delà.

J'ai trouvé un bâton pour m'appuyer
Et je me suis avancé sous les arbres.
Sur les embûches, j'ai souvent vacillé,
Les branches s'étalaient en restes macabres.

Le fond de l'air est devenu plus chaud,
Ainsi j'ai senti le jour se lever.
Alors, du sous-bois, assis sur le réchaud,
J'aurais pu pleurer sans mes yeux excavés.

Le soleil et la lumière de l'aube
Étaient pour moi semblables à la nuit.
C'est voir une céramique sans engobe
Que voir le monde sans la vue pour appui.

Au calme, dans la forêt, j'ai compris
La constance de mon infirmité.
Mon handicap n'est pas de ceux qu'on guérit,
Et j'ai réalisé là sa perpétuité.

J'ai mis mes mains là où étaient mes yeux,
Elles se sont enfoncées dans deux trous.
À ce moment, j'ai failli maudire Dieu,
Je ne redoutais même plus son courroux.

Cette sensation était si terrible.
Ces brutes dans leur acte épouvantable
Toutes empreintes de leur haine indicible,
N'ont pas jugé mes yeux assez honorables.

Ils les avaient pris et pris mes paupières,
Et alors j'ai déchiré mes guenilles
De façon à en tirer une lanière.
J'ai pansé mes yeux et repris ma béquille.

Plus j'avançais sans savoir où aller,
Plus je prenais conscience de mon sort.
J'étais dans le désert, seul et aveuglé,
La faim tant que la soif vainquait mes efforts.

Dans ces étendues incommensurables,
L'issue était de finir englouti.
Je repoussais vainement l'inexorable
Auquel le Seigneur m'avait assujetti.

Je ne peux pas dire combien de temps
J'ai marché droit ou en tournant en rond.
Mais exténué et le souffle haletant,
Je me suis, en fin, effondré contre un tronc.

Le jour devait toucher au crépuscule,
Car malgré mes efforts j'avais plus froid.
Cette fois, j'avais fini d'être crédule,
J'arrivais au bout de mon chemin de croix.

Je sentais tout mon être endolori,
Ma gorge, plus sèche qu'un tonneau vide.
Dépouillé de mes forces, il a péri
Ce volatil espoir devenu turbide.

Je n'avais de force que pour la prière,
Et au même instant, les loups ont hurlé.
Ces hurlades ne sont en rien familières,
Même après nous avoir souvent harcelés.

Oui, ce n'était pas la première fois
Qu'au milieu des bois je les entendais.
Je me suis ressouvenu de vieux exploits
Auxquels je ne donnerais pas de cadets.

J'ai prié tout en me sachant perdu,
Je ne pouvais ni fuir ni me défendre.
Elle venait vers moi, la meute éperdue
Et elle ne tarderait pas à me prendre.

Dans les feuillages, le vent s'est levé,
Non loin de moi, une branche est tombée.
J'ai cru, aux cris, que la meute dérivait,
Que par sa volonté, Dieu la disturbait.

Bien sûr, c'était une fausse impression.
Le vent emportait les cris loin de moi,
Mais il portait avec lui l'émanation
De ma carcasse blessée d'homme et de proie.

Ils venaient contre le vent tempétueux,
Pour que je ne sente pas leur odeur,
Le loup est animal rusé et flexueux,
On le croit hardi, mais il est finasseur.

Je les ai entendus hurler d'abord,
Après je les ai entendus grogner.
Ils étaient là, entourant tous mes abords
Prêts à bondir sur moi pour me charogner.

Dieu avait décidé de mon martyr,
Ma vie ici-bas allait prendre fin.
Ce voyage, j'étais mûr pour l'accomplir,
J'avais aidé à passer tant de défunts.

Mais pour moi, Dieu avait d'autres desseins ;
Je ne m'explique pas encor pourquoi.
Ce jour, il m'a refusé dans son essaim
D'âmes fidèles, de martyrs de la foi.

J'ai senti venir un loup près de moi,
Son pas, son souffle animal, son odeur ;
Dans sa gueule, puissante comme une broie,
J'imaginais l'écume de la fureur.

Mais je me trompais, et sur mon épaule
Il a mis une de ses lourdes pattes.
J'ai craint qu'il plonge ses griffes en corolles
Voulant me déchirer d'une taille adroite.

Pourtant, il l'a seulement déposée,
Pesant sur moi de toute sa lourdeur,
Ainsi que l'eût fait un chien apprivoisé
Tirant son maître endormi de sa torpeur.

Je ne m'explique pas jusqu'à ce jour,
Pourquoi cette meute ne m'a pas tué.
Alors que tel le fer chaud dans les badourds,
J'étais tenu et victime constituée.

Près de moi, elle est venue se coucher,
Et un loup a déposé un oiseau.
Plumé et du cou la tête détachée,
Il me l'offrait en le poussant du museau.

Mais j'avais soif et je n'avais pas d'eau,
Je ne sais comment, mais ils l'ont senti.
Le loup bienfaiteur a repris son cadeau,
Un autre a pris ma manche avec appétit.

Il a tiré pour que je me relève
Et que je le suive ainsi que la meute.
Je me suis levé, et comme dans un rêve,
Il était mon guide et j'étais l'apédeute.

Le Seigneur voulait me venir en aide
En envoyant ces loups en messagers.
Ils m'ont entraîné jusqu'à une pinède,
J'oyais par le vent les grands troncs fustigés.

Dans l'air flottait une odeur de résine,
Récemment des arbres s'étaient brisés.
Bien que conduit, je me piquais aux épines
Semées partout en réserve inépuisée.

Soudain, un de mes nouveaux compagnons
S'est placé en travers de mon chemin.
Cela s'est joué à peu pour que mon guignon
Ne me fasse tomber en un tournemain.

Mais grâce au Seigneur, je n'ai pas chuté,
Et mon nouvel ami voulait mon bien.
Avec ses pattes, il s'est mis à gratter,
Tirant de la glace, un ru célestien.

Il y avait en ces lieux une grotte,
Que le ruisseau clairet avoisinait.
Cette meute de loups avait été caute
De vivre dans ces parages sadinets.

Voici mon histoire, peut-être étrange,
Mais qui ma fille, fait que je te parle.
Ces loups si effrayants ont été mes anges,
Ils m'ont sustenté de canards et de harles.

Je n'avais pas de feu, et dans le froid,
Ils venaient près de moi me réchauffer.
J'ai mangé le gibier cru avec effroi,
Mais c'est ainsi que de la mort, j'ai triomphé.

Cependant, la vie en forêt est dure,
Mes blessures sont profondes, je souffre.
Cette soupe et ce pain sur mes meurtrissures,
Du lent déclin, viennent me tirer du gouffre.

Quand mon ami est venu ce matin,
J'ai deviné que c'était important.
La meute s'agitait, je savais d'instinct
Qu'il y avait pour elle un danger patent.

Je soupçonnais des chasseurs intrépides,
Comme les frimas s'en vont reculant,
Mais je me trompais, encore trop candide,
Car c'était toi qui les rendais turbulents. »

« J'excite donc les hommes et les loups,
Et ma place est dans cette solitude.
De mon calvaire, elle sera les clous,
De ma triste agonie, elle est le prélude. »

« Allons, ma fille, garde donc l'espoir.
Vois-tu, le Seigneur a fait un miracle,
C'est lui qui à ta table m'a fait m'asseoir,
Quand les vents contraires semaient tant d'obstacles. »

« Mais je ne peux pas retourner en ville.
Mon père m'a promis de revenir,
Mais il ne vient pas. L'Écorcheur est si vil
Qu'il l'aura arrêté ou peut-être pire.

Et vivre avec les loups, regardez-moi !
Pourquoi mordre dans le gibier sanglant
Et dormir sur la pierre tout à la fois
Pour tenter de sauver ce corps chancelant ?

Pour moi, cette vie a trop de rudesse,
Et je vois qu'elle vous tuera aussi.
La mort à tous fait cadeau de ses tendresses,
Elle peut bien venir me saisir ici. »

Le père Vassili reste songeur,
Car il sait qu'il ne peut la contredire.
Il sait bien que ces loups venus en sauveur,
L'ont sauvé pour un destin à accomplir.

Le Seigneur ne répand pas ses miracles
Ainsi que fait le vent du pissenlit.
C'est exigeant qu'il accueille en son cénacle
Les hommes privilégiés dont il l'emplit.

À tout miracle succède une tache,
Aussi grande, aussi miraculeuse,
Devant elle, l'élu ne peut être lâche
Et garder pour lui seul sa fortune heureuse.

Cette innocente fille est messagère,
Le père Vassili l'a bien compris.
Il est l'instrument et sait ce qu'il doit faire,
Il n'a pas besoin d'une quémanderie.

À l'enfant, il doit ramener l'espoir,
Aux parents, il doit ramener l'enfant,
Mais une autre tâche viendra lui échoir,
S'il veut connaître un épilogue triomphant.

Mangazeïa est dans les mains d'un démon,
Qui l'habite tel son Pandémonium,
Épandant ses immondices en limons
D'horreur et de cruauté sur tout son royaume.

Cette ville ne trouvera la paix,
En abritant le mal dans ses entrailles ;
Dissimulé derrière ses murs épais,
Il continuera de vomir la canaille.

Mais du démon, l'anéantissement
Peut-il venir d'un humble prêtre aveugle
Opposant sa foi aux soudards écumants ;
Aux bêtes cruelles qui frappent et qui beuglent ?

Le père Vassili, empli de doutes,
Ne peut pourtant pas douter du Seigneur,
C'est jusqu'à Mangazeïa qu'il doit faire route
Pour délivrer ses âmes de L'Écorcheur.

Chant X

À la jeune fille, le prêtre dit :
« Je suis infirme et tu es une enfant,
Mes mots vont te paraître fous ou hardis,
Ce seront les loups attaqués par les faons.

À Mangazeïa, nous devons retourner,
Redonner au peuple sa liberté.
Ici ou là-bas, nous sommes condamnés,
Mais c'est là-bas que l'on meurt avec fierté.

Jusqu'ici t'a menée la main de Dieu,
Qui m'a sauvé miraculeusement,
Du Seigneur, c'est un message compendieux,
Car il n'aurait pas fait cela vainement.

Nous devons accomplir sa volonté,
Purger la ville de son maître infâme,
Et hors de ses murs nous en aller bouter
Ses funestes cohortes de porte-lames. »

Zoyechka n'a pas peur et elle acquiesce :
« C'est mon vœu, mais je ne sais le chemin.
Il se perd vite dans la forêt épaisse ;
En sortir requerrait plus d'un lendemain. »

« Dans ce cas, mon ami nous conduira,
Il connait la forêt et sa lisière.
À cette demande, il accédera,
Puis repartira avec ses congénères. »

À ces mots, la jeune fille s'exclame :
« Mon père, ce loup n'aurait peur d'un ours,
Vous êtes aveugle et je suis une femme.
Pourquoi donc ne pas employer ses ressources ?

Si avec lui, il y a une meute,
Et que cette meute marche avec nous,
La ville se lèvera, viendra l'émeute ;
Le peuple ne restera pas à genoux.

J'ai trop longtemps vécu en me cachant,
Dissimulant mon corps et mon esprit,
Vivre ainsi, c'est aller en se desséchant,
Mériter ses affres pour sa veulerie.

Seule dans ces lieux, j'en ai pris conscience,
Anxieuse, la peur blanchit mes cheveux,
Et depuis mon cœur, étreint par la souffrance,
Tout mon être tremble de frissons nerveux.

Mangazeïa partage mon agonie,
La peur est le mal qui ronge son être.
Il nous faut triompher de ce monstre honni
Qui en la ruinant prétend être son maître. »

Le père Vassili est plein de doutes,
Car la violence versera le sang.
L'âpre chemin de la guerre est une route
Aux pavés lavés du sang des innocents.

Il sait le combat parfois nécessaire,
Comme ceux de Rodion et d'Alexandre[20],
Mais la révolte contre cet adversaire,
C'est annoncer au tsar qu'on veut le pourfendre.

Frapper l'émissaire du souverain,
Comme frapper le souverain lui-même,
C'est assumer le risque de mettre en train
La sanglante vengeance du chef suprême.

Le père Vassili veut se lever,
Dans ce combat, il est prêt à mourir,
Mais il ne veut pas voir des mains se laver
Dans un autre sang que celui qu'il expire.

Il ne veut pas être un de ces bergers,
Conduisant ses moutons à l'abattoir ;
Il ne veut pas de ces âmes se charger
Pour les porter avec lui au purgatoire.

Si lui seul vient avec la jeune fille,
Il la ramènera à ses parents.
Puis ses pas le mèneront à la bastille
Sous les regards peinés ou indifférents.

Faisant son devoir, mourant en martyr,
Il aura accompli sa destinée ;
Sur ses épaules ne viendra pesantir
Le sort de tout un peuple embobeliné.

Mais suivi des loups en sortant des bois,
Conduisant cette meute carnassière,
Il mettra la population en émoi ;
Sera d'une émeute, le porte-bannière.

Quel peuple, harassé par l'oppression,
Ne suivrait pas l'homme qui parle aux loups,
Revenu, ainsi qu'une bénédiction,
Pour dans les ailes du mal planter ses clous ?

Du noir kremlin, le sang s'écoulera,
Le pope inquiet voit un feu immense ;
Son sentiment lui dit que tout périra
Dans l'exaltation d'une macabre danse.

Est-ce bien cela que veut le Seigneur ?
Le père Vassili voudrait le croire,
Car pour chasser le démon de sa demeure,
Il sait qu'il faudra bien plus qu'un simple dard.

Mais il voit le sang répandu, les flammes,
Il hume dans l'air les chairs calcinées,
Il entend les cris des hommes et des femmes
Qui sur leurs entrailles s'en vont piétiner.

De qui cette vision serait le triomphe ?
Assurément, d'un démon victorieux,
Qui, quand bien même terrassé et agomphe,
Finirait dans un holocauste glorieux.

En a-t-il trop dit à la jeune fille,
À Zoya qui à présent veut combattre,
Et mener avec elle jusqu'à l'étrille,
Tout un peuple convaincu et idolâtre ?

Il possède la sagesse du doute ;
Au fond d'elle est la jeunesse rageuse.
Abattue, d'espoir il fallait une goutte
Pour réveiller sa nature batailleuse.

Il devine son regard impétueux,
Et ses deux joues qui se sont empourprées.
Le vent s'est levé et il est tempétueux,
Zoya l'exhale à chaque souffle expiré.

Finalement, il lui saisit la main.
Elle est si douce entre ses doigts rugueux.
Il n'avait jamais rien touché de commun,
Mais sent sous la peau le duramen fougueux.

De lui, elle n'attend qu'une réponse,
Celle qui lui ramènera sa vie.
La même qui viendra tirer de ses ronces
Toute une cité sous le joug asservi.

Le père Vassili espère un signe,
Mais autour de lui règne le silence.
Le Seigneur le laisse faire un choix insigne ;
L'invite à se tourner vers sa conscience.

Le pope dit d'une voix étouffée,
Après avoir mûrement réfléchi :
« Ma fille, je sens ton cœur bien échauffé ;
Vers l'envie de vengeance, il a fléchi.

Mais ne sois pas comme moi aveuglée,
Une révolte versera du sang.
Sur les mains de tous, il viendra se coller
Et il en sera fini des innocents.

Le martyr s'avance seul dans la fosse,
Par son exemple, il vainc le démon.
Et devant toute la foule qui se gausse,
Il prononce son plus éloquent sermon.

C'est différent de conduire une armée,
De mener ses frères au sacrifice.
Les belles intentions peuvent s'abimer,
Tu pourrais du mal devenir la fautrice.

Si tu veux conduire ton peuple, soit,
Mais le sang des autres te rougira,
Jamais plus ta belle âme ne sera coite,
Tu verras toujours les morts tendre leurs bras.

Je te préviens, car pire que la mort
Est de vivre avec de tels souvenirs.
La victoire n'efface pas les remords,
Même un combat juste vaut de s'abstenir. »

« Mon père, répond alors Zoyechka,
Que peuvent les mots contre ces démons ?
Ce ne sont pas nos morts qui feront fracas,
Nous ne lierons personne à notre timon.

Vous prêcherez et l'on vous moquera,
Le peuple restera bien à l'abri.
Après vous serez tué et l'on me tuera,
Ce sera la fin de l'espoir refleuri.

Je crois que votre parole est puissante,
Lorsqu'elle est donnée aux humbles pécheurs.
Pour les humbles gens, elle est édifiante,
Mais elle n'édifiera pas L'Écorcheur.

Grâce aux loups et car nous serons légion,
Ses cohortes, peut-être, prendront peur.
Et sinon notre sang scellera l'union
De tout un peuple uni contre la terreur.

Mangazeïa est plus morte que vivante,
Mais une étincelle l'embrasera.
Une fois réveillées, les âmes dormantes
Refuseront de vivre comme des rats.

Voyez, j'avais peur et voulais mourir,
Et je vous ai vu et vu votre ami,
Et quand mon dernier espoir allait périr,
J'ai compris qu'un autre encor m'était promis.

Tout le monde doit avoir cet espoir,
Ne plus avoir à vivre dans la honte,
Et même si notre lutte est dérisoire,
Ce n'est qu'au Seigneur que nous rendrons des comptes.

Notre lutte est pour une cause juste,
Nos armes ne répandront pas le mal,
Et si les épées doivent percer nos bustes,
Nous serons au ciel une légion d'étoiles. »

« Tu es une enfant, mais tes mots sont vrais,
Tu as en toi la foi et le courage.
Pour chaque corps mort, une âme délivrée,
Ce n'est pas à la vie faire grand outrage.

Soit, allons délivrer cette cité
De l'esprit malin qui l'a faite sienne,
Et si sa destruction suit nos vélléités,
Alors mourrons comme la légion thébaine. »

Chant XI

À l'aube, dans les cris des noirs corbeaux,
Le père Vassili voit triste signe.
Ils sont là quand les corps ne vont au tombeau,
Qu'ils reposent à l'air en restes indignes.

Il ne dit rien de son pressentiment.
Les loups hurlants répondent aux corbeaux ;
Ils sont tous là, regroupés et véhéments,
Ils s'agitent plus nerveux que des clabauds.

Ils forment déjà une multitude,
Mais il en afflue toujours davantage ;
Répétées dans la forêt sans finitude,
Les clameurs attirent de tous les parages.

Ils sentent un évènement en cours
Et tous répondent présents à l'appel.
On les sollicite, ils viennent en secours
Du père aveugle et de la jeune pucelle.

Au milieu de tant de crocs et de griffes,
Saturés de l'odeur âcre des fauves,
Serrés comme deux amants face au récif,
Ils attendent que blanchisse le ciel mauve.

Lui prend appui sur son bâton de marche
Et son visage est levé vers le ciel.
Il a l'allure des anciens patriarches
Prêchant en des ères immémorielles.

Elle, son guide, le tient par le bras,
À maigre silhouette, cœur vaillant,
Sur sa peau blanche, le rouge nacarat
Trahit le froid et l'émotion l'assaillant :

« Voici que le jour est levé, dit-elle,
L'aube est grise, le soleil, une auréole,
Le premier soleil de notre vie nouvelle
Ou de nos vies terrestres, l'ultime obole. »

« Alors, répond le pope, il est l'heure.
Toi, mon ami qui connait le chemin,
J'ose te prier d'être plus que mon sauveur,
Guide-moi, car les sentiers sont maints et maints. »

Le loup le plus gros et le plus féroce,
Qui avait tant effrayé Zoyechka,
Part en avant accomplir son sacerdoce,
Il précède le pope et sa devotchka[21].

Viennent ensuite en colonne et au pas,
Deux cents loups aux robes grises ou noires,
Luisantes de soyeux reflets de lampas,
Elles brillent moins que les crocs des mâchoires.

Le silence plane sur la forêt,
Environnant la troupe qui s'avance ;
Le gibier redoute ces coupe-jarrets,
Le bestiaire alentour a pris ses distances.

Les arbres taiseux étendent leurs branches
Aux jeunes feuillées ouatées de gelée,
Ainsi recouvertes de leur livrée blanche,
Elles peignent une voûte constellée.

Pour Zoyechka, elle semble un linceul,
Déposée, si froide qu'immaculée,
Sur le jeune arbrisseau comme sur son aïeul
Qui gît sur le sol en cadavre affalé.

Zoyechka se croit au fond d'un tombeau,
Mais plus encore dans un autre monde,
Car tout est si morne, mais tout est si beau,
Que ce ne sont les tréfonds d'un trou immonde.

Il fait froid et le ciel est monotone,
Mais sa cabane était plus ténébreuse.
Elle n'est plus cette fille qu'emprisonne
La funèbre stèle rude et pondéreuse.

Non, songe-t-elle, ce n'est plus un trou,
Il fait froid et le ciel est monotone,
Mais peu à peu, comme tirée de la grou,
La vie fait son retour et partout bouillonne.

Le soleil lève le suaire d'argent,
Il réchauffe à peine, mais c'est assez,
Il fond dans l'éther les cristaux réfringents
Qu'il escamote aux frondaisons délassées.

La forêt est extirpée de sa gangue,
Sous le ciel blanc, les couleurs lui reviennent.
Bientôt, il ne reste rien du bois exsangue
Peints en vert de mousse, en bleu des lichens.

Et les parfums forestiers chargent l'air
De la litière dégradée des feuilles.
Sur ce lit mort pousse la jeune fougère,
Signe d'un printemps défroqué de son deuil.

Parfois, la forêt semble s'épaissir,
Zoyechka croit que le loup les égare,
Puis le ciel blanc vient à nouveau éclaircir
Le sous-bois sombre de ses rayons blafards.

Ce retour lui est plus long que l'aller,
Elle s'émeut moins, mais réfléchit plus,
Ses réflexions sont des bribes morcelées
D'espérance et de crainte en un seul corpus.

Dans cette marche tiennent ses espoirs,
Les prémisses du bonheur à venir,
Ou ses derniers instants avant le fendoir
Qui s'abattant sur elle viendra l'occire.

Cette marche est bien celle d'un guerrier,
Qui de pas en pas va à la bataille,
Voyant son retour sous les fleurs de rosiers
Comme son cadavre parmi la piétaille.

Soudain, elle s'extirpe de ses songes.
Elle reconnaît ce coin de forêt,
Ce grand bouleau jaune que la tchaga[22] ronge,
Ces frondaisons peuplées de chardonnerets.

Le jour perce à travers la canopée,
Mais il est également là, laiteux,
Sculptant au-devant les formes estompées
Des troncs tors et des bâtiments loqueteux.

Le chef de la meute s'est arrêté,
Puis Zoya et le père Vassili.
Mangazeïa est là, par son kremlin crêtée,
Pouacreuse, elle sent déjà l'hallali.

Chant XII

Le père Vassili ne voit la ville,
Mais dans l'air, il en reconnaît l'odeur,
Cette odeur de bois pourri qu'aucun exil
Ne peut ôter des souvenirs de malheur.

Privé de vue, il la sent plus encore
Que le jour de sa première venue.
Partout sur les murs, sur les toits, les mucors
Étendent soyeux leurs chancres continus :

« Ainsi donc, dit-il, nous voilà rendus
Près de ces lieux qu'empoisonne le diable.
Partout je sens les ténèbres épandues,
Qui pèsent en chape lourde et insondable. »

Zoya serre plus fort le bras du prêtre,
Elle le soutient comme il la soutient,
Car il faut du courage pour comparaître
Aux portes terrestres du monde chtonien.

Son sang, peut-être, lavera le mal,
Mais ce n'est pas le verser qui l'inquiète.
L'Écorcheur, partout, s'est fondu dans la moelle
De Mangazeïa qui devant reste muette.

Aura-t-elle assez de force et de sang,
Et cette ville assez de parties saines,
Pour débarrasser des caillots glaucescents
Ce corps dans chaque artère et dans chaque veine.

Le doute est permis, mais pas la retraite,
Le plus grand des loups pousse un hurlement,
Alors les corbeaux s'envolent et mouchettent
De leurs rémiges noires, le firmament.

Leurs ailes nuit opacifient le ciel,
Leurs mornes cris s'élèvent en écho,
Puis leurs bataillons, rassemblés pêle-mêle,
S'en vont en d'autres lieux orner les chicots.

Mais le silence ne retombe pas,
Un bruissement s'élève de la ville.
En plein jour, l'appel du loup comme un appât
Tire du sommeil la cité immobile.

Rares sont les loups à l'orée du bois,
Qui alarment les hommes de la sorte.
Ne craint-il donc pas d'être en mauvais arroi
Poursuivi par tous les chasseurs en cohorte ?

Il émane de ce bourdonnement,
De la stupeur, de la curiosité,
De la peur et peut-être le sentiment
Que le mal par le bien sera supplanté.

Zoyechka devine de l'espérance,
Elle aussi espérait en tous les signes.
Elle espérait toujours une délivrance,
L'espoir qu'un jour viendrait une âme bénigne.

À cet instant, elle se met à rire,
D'un rire intense qui résonne fort,
Elle n'aurait jamais cru venir offrir
À tous, la graine d'espoir si près d'éclore.

Puis le père Vassili dit ces mots :
« Ma fille, il n'est pas l'heure de rire.
Tirons cette ville des frimas hiémaux
Et rendons là au printemps pour la guérir. »

Ainsi, la colonne se met en branle,
S'extrait du bois, s'avance dans la plaine.
Autour d'elle, seul le ciel forme chambranle,
Il est de tout côté posé sur la brenne.

Devant, les isbas s'esquissent plus nettes.
Dans les dernières brumes du matin,
Elles sont toutes là, ruinées et défaites,
Tenant debout par un miracle certain.

Elles sont toutes là, mais une manque,
Zoya cherche son foyer sans trouver.
Parmi les autres que l'anémie efflanque,
Elle voit un tas de charbon délavé.

Il ne reste de l'isba familière
Que ce modeste amas de cendres noires,
Sa carcasse brûlée, couleur de houillères,
Que le feu a vomi de son avaloir.

Une larme coule sur sa pommette,
Et dans son cœur se plante le poignard.
De son passé, elle contemple les miettes ;
Si ses parents gisaient sous ce pourrissoir !

Elle n'ose même l'imaginer,
Pourtant son instinct le lui laisse craindre.
C'est une main d'homme qui a calciné,
C'est la nature qui est venue éteindre.

Elle serre plus fort le bras du prêtre,
Il ne voit pas, mais ressent son angoisse :
« Courage ma fille, de nous restons maître,
Notre assurance est notre seule cuirasse. »

D'un revers, Zoyechka essuie ses larmes,
Ce n'est pas le chagrin mais la colère
Qu'elle veut nourrir et brandir comme une arme ;
C'est ainsi seulement qu'on marche à la guerre.

La colonne s'enfonce dans la ville ;
Des isbas, s'échappent des silhouettes ;
Des femmes livides, des hommes débiles,
Mais tous arborent des mines stupéfaites.

Le plus téméraire qui prend la hache,
L'abandonne aussitôt et supplie Dieu.
Le plus peureux se montre juste et se cache
De ce nouveau prodige maléficieux.

Ainsi donc le prêtre n'était pas mort,
Et c'est Zoya qui marche à ses côtés.
La voilà qui revient des bois qui dévorent
Le chasseur imprudent et l'homme effronté.

Cela encor ne choque un esprit fruste,
Et ce retour aurait fait peu d'effets,
Si n'avaient pas suivi telles des locustes,
Des loups chargés de dangereux attifets.

Leurs crocs acérés, aussi longs qu'un pouce,
Rayonnent et refroidissent les sangs.
Il semble même qu'ils puissent sans escousse
Bondir et saigner de pauvres innocents.

Ils labourent la fange sous leurs griffes,
Grognent à chacun de leurs pas pesants,
Et leurs yeux jaunes d'animaux prédatifs
Leur donnent à tous un aspect malfaisant.

Ils tournent leur gueule de tous côtés,
Nul villageois n'ose les attaquer ;
Vision de cauchemar qui vient inquiéter
Le chasseur armé qui préfère abdiquer.

Cette troupe, sortie d'une byline[23],
Effraye tant qu'elle égare les esprits ;
Mythe que l'on raconte dans les chaumines,
Elle va en ville comme une féérie :

« Innocents, dit le père Vassili,
Soyez rassurés, vous ne risquez rien,
Car ces loups ne seront pas votre ordalie ;
Le Seigneur Dieu sait reconnaître les siens. »

« Regardez, vous autres, je suis en vie,
Ces loups m'ont sauvé, ils vous sauveront.
Je suis libre et ne soyez plus asservis !
Venez avec vos arcs et vos hacherons ! »

Á l'appel de Zoya, nul ne répond.
Figés par la peur et la soumission,
Ils ne sont taillés dans le même croupon
Que celle qui réclame la sédition.

Elle voudrait leur dire qu'ils sont lâches,
Plus lâches qu'un aveugle et qu'une enfant,
Mais elle n'est pas de nature bravache
Et garde en elle son courroux étouffant.

Elle supplie Dieu de leur pardonner,
Au fond, ils sont moins guerriers qu'ignorants.
Ils n'avancent que s'ils sont aiguillonnés
Par le knout qui siffle ; l'ire du tyran.

Voici la colonne devant l'église,
Close et gardée par des soudards armés.
Ils rient et s'esclaffent de leurs paillardises,
Face aux intrus, ils ne semblent alarmés.

L'un d'eux s'avance, il est clopinant,
C'est le soudard que Zoya a blessé.
Il la regarde et le prêtre en revenants,
Les voir lui donne l'envie de ricasser.

Entendant les rires grossiers des hommes,
Le père Vassili veut leur répondre.
Mais Zoyechka, comme la bête de somme
Qui ploie sous la charge trop lourde s'effondre.

Il la retient, mais manque de chuter,
Il entend ses sanglots et son chagrin.
Il ne voit rien et ne peut que supputer
Sur l'origine du malheur qui l'empreint.

Il y a dans l'air des relents morbides
Qui n'émanent pas que des soudards seuls ;
De la mort, ils sont la cohorte fétide,
De la pourriture, ils sont les filleuls.

De l'église, descendant des hauteurs,
Ils s'exhalent de deux corps boursouflés,
Pendus au clocher, offerts au prédateur,
Au sol, ils laissent leurs humeurs s'écouler.

Le corps difforme et la peau empourprée
Crevassée par le claquoir des corbeaux,
Le vent les balance, nus et délustrés,
Ils s'agitent, scabreux comme deux ribauds.

Nul n'aurait pu leur donner un visage,
Concevoir la vie dans ces chairs hideuses,
Hormis celle tombée dans l'orphelinage,
Effondrée dans la boue sous elle fangeuse.

Ses parents sont suspendus à ces cordes,
Au clocher de l'église silencieuse,
Maison de ce Dieu qui prend plus qu'il n'accorde ;
Livre ses ouailles à la bête odieuse.

Les soudards se rient du spectacle offert,
Et celui qui s'est avancé s'exclame :
« Tu reviens donc pour voir ton père et ta mère !
Salue-les, sois aimable comme une dame !

Ils ont prié leur Dieu pour ta survie,
Mais te voilà ici et ils pourrissent.
Et je ne sais pourquoi ces loups t'ont suivie,
Mais nous ne redoutons pas ce maléfice.

Le kremlin est plein d'arcs et de canons,
De vous et des loups nous ferons des peaux,
Et à ces murs nous les clouerons en pennons ;
Sur le kremlin, nous en ferons des drapeaux.

Sur la tienne, prêtre, notre Seigneur
Aura plaisir à essuyer ses bottes.
Il a déjà gobé tes yeux de frondeur,
Il voudra sûrement prendre ta culotte ! »

« Notre peau ira à qui la voudra,
Mais jamais nos âmes seront à lui.
Il en est fini de son gouvernorat,
Et s'il ne part pas, il sera éconduit.

On ne veut rien que de le voir déchoir,
Avec l'aide du seul Seigneur sur terre.
Le temps est venu de la peine expiatoire,
Ce jour, il sera mort ou abdicataire.

Si vous vous dressez sur notre chemin,
Alors votre sang lavera vos fautes,
C'est le vrai Seigneur qui vous tend cette main,
Soyez sûrs qu'elle ne souffrira défaute.

Posez vos armes et quittez la ville,
Partez racheter vos âmes salies.
Le bien futur ne laissera pas stérile
Les crimes du passé à défaut d'oubli. »

Ainsi le père Vassili s'exprime,
Et pour réponse, le soudard se moque :
« Finir comme toi pour racheter nos crimes,
Aveugles et sales, revêtus de loques ?!

Si tu crois cela, tu es fou ou sot !
Tu aurais dû rester au fond des bois,
Vivre comme un mystique au bord du ruisseau
À prêcher aux bêtes ta piteuse foi. »

Le père Vassili soupire et dit :
« Ainsi donc, vous choisissez de rester,
De ne rien regretter de vos perfidies,
Alors, à vos boyaux, ces loups vont goûter ! »

À ces simples mots, la meute s'élance,
Pousse des hurlements tonitruants ;
Furieux, les loups ne songent qu'à leur pitance
Qui frémit sous les armures des truands.

Le soudard, arrogant à l'instant même,
Recule, effrayé par le torrent ;
Il cherche son épée, le visage blême,
Mais déjà un loup a bondi fulgurant.

Il a mordu dans le pourpoint en cuir,
Et dans son élan, il l'a renversé,
Cet infâme soudard qui voudrait s'enfuir,
Maintenant qu'à terre, il gît terrassé.

Il crie, se débat, cherche sa pistole,
Hèle à l'aide ses criminels complices ;
L'un d'eux fait feu et un loup s'effondre au sol,
Bref instant d'une résistance factice.

Les brigands, épouvantés, se dispersent,
Pourchassés par les loups qui les rattrapent,
Et les font tomber, ignorant leur détresse,
Comme sous la serpe, le chaume s'étrape.

Chair et os, dans les gueules acérées,
Rompent et craquent en gerbes sanglantes,
Sous les crocs carnassiers sont exentérés
Les crânes réduits en miettes pantelantes.

Les corps des soudards sont mis en morceaux,
La fourrure des loups se cramoisit,
La viande palpitante, de son pinceau,
Les colore au rythme de leur frénésie.

Il ne reste bientôt que les armures,
Et les armes répandues en désordre,
Des entrailles, de la chair sur un fémur
Dans lequel un loup ne tarde pas à mordre.

Le père Vassili, de ce spectacle,
Ne peut entendre que l'écho glaçant,
Mais il hume, sur le champ de la débâcle,
La puanteur de la mort et des flots de sang.

Zoyechka, elle, est agenouillée,
Elle n'ose voir toutes ces horreurs,
Ses parents mutilés, la terre souillée,
Et les loups tout autour aux crocs éventreurs.

Le silence revient sur la cité,
Seul le vent siffle dans ses vieilles hardes ;
Il emporte une prière juste ébruitée ;
À voix haute, elle paraîtrait rossarde.

Une voix cependant rompt le silence,
Elle appartient à un simple vieillard ;
Sur son visage, toute la purulence
D'un mal qui aura la mort pour exutoire :

« Mon père, dit le vieillard approchant,
Vous ne voyez pas, mais vous m'entendez.
Je sais bien que ma voix n'a rien d'aguichant,
Elle est à quelqu'un que vous avez aidé.

Peut-être ne l'avez-vous pas oubliée,
Et sinon, alors soyez pardonné ;
Je suis Borya et vous m'avez réveillé,
Tout mon courage m'avait abandonné.

Comme ces loups, nous aurions dû nous battre,
Pendre ceux qui nous traitent en vermine.
À la place, nous préférons nous ébattre
Dans la curure de notre propre ruine.

Hier, vous étiez là pour panser mes plaies,
Aujourd'hui, vous me redonnez courage,
Et même si je suis vieux et maigrelet,
Déniez que vous aident mes mains et ma rage.

Vous parlez aux loups, seul le peut un saint,
Ils vous suivent, je vous suivrai aussi,
Et j'espère que vous suivra un essaim
De ces hommes restés trop longtemps assis. »

Le vieillard se tourne alors vers la foule :
« Gens de Mangazeïa, il faut vous armer.
Vous n'allez pas vous cacher comme des poules
Qui attendent le renard pour les plumer.

L'Écorcheur a perdu de ses soldats,
Il cherchera à se venger sur nous,
Et nous n'allons pas, ainsi que des Judas,
Livrer ceux qui sont revenus parmi nous.

Vous pouvez donc vous cacher, effrayés,
Ou affronter ces loups ; pure folie !
Ou être des hommes et aller fouailler
L'Écorcheur, si besoin est, jusqu'à son lit !

Décidez-vous vite, car le temps presse,
Voilà un saint homme qui parle aux loups,
Et Zoyechka sera votre jugeresse ;
D'une pucelle ne serez-vous jaloux ? »

Le peuple de Mangazeïa, rassemblé,
Murmure et chuchote, restant perplexe.
Le monologue du vieillard l'a troublé
En l'obligeant à faire un choix si complexe.

L'ombre de la mort s'étend devant eux,
De L'Écorcheur ne viendra nul pardon,
Mais se peut-il qu'un peuple de disetteux
Puisse devenir un vigoureux randon ?

Voilà le dilemme des villageois,
Libres de choisir s'ils veulent mourir,
Terrés lâchement ou marchant vers leurs croix,
Apeurés ou tombant avec le sourire.

Un vieillard, un aveugle, une fille,
Chacun pense ces meneurs bien modestes,
Pour aller leur faire répéter castille
Sans s'acheminer vers un destin funeste.

Mais si cet aveugle est vraiment un saint,
Qu'il parle aux loups et réalise miracles,
Alors de Dieu, il accomplit les desseins,
Devant lui, il lèvera tous les obstacles.

Les hommes peinent à se décider,
Certains prennent déjà haches et piques ;
Des arcs s'échappent des isbas ravaudées,
Ils se préparent à l'instant fatidique.

D'autres hésitent et restent figés,
Jusqu'à ce que tonne un bruit colossal ;
Un boulet du kremlin s'en vient voltiger
Dans l'église qui pousse un terrible râle.

Ses murs sont traversés de part en part,
Son clocher tremble et manque de tomber,
Puis le boulet de canon s'en va échoir
Dans le toit d'une isba qu'il vient dérober.

L'olifant du kremlin résonne alors,
De la citadelle, les portes s'ouvrent.
S'en échappent, célères comme un météore,
Des chevaux qu'un caparaçon noir recouvre.

Ce sont les cavaliers de L'Écorcheur
Qui sonnent la charge, épée au clair,
Sous les lourds sabots s'annonce le malheur ;
En ville, ils s'en vont tailler des croupières.

La panique saisit les villageois,
Car les cavaliers viennent pour leurs têtes.
Ils ne savent où aller, sont aux abois,
Les soudards feront vite bonne cueillette.

Le père Vassili entend les cris,
Il sent le sol trembler sous les destriers,
Il devine quelle horrible taillerie
Va frapper les villageois éparpillés.

Il leur dit alors avec fermeté :
« Tentez de fuir, la mort vous fauchera.
Ces soldats bientôt vous auront étêtés,
Ils arracheront les enfants de vos bras.

On ne se bat pas en tournant le dos,
Ou l'on meurt le visage dans la boue.
La mort pareille à la vie est un cadeau
Quand pour la vie on se bat fier et debout.

Prenez vos armes, soyez tous unis,
Ils sont dix alors que vous êtes cent,
Entendez-bien, vous n'êtes pas démunis,
En ce jour glorieux, ne soyez pas absents !

Cette orpheline est revenue pour vous,
Croyant trouver un peuple courageux ;
Vous déroberez-vous à ce rendez-vous
Que vous donne aujourd'hui un maître outrageux ? »

Elle, Zoyechka, n'est plus à genou,
Elle attend fièrement les cavaliers,
Et si par leurs épées sa vie se dénoue,
C'est les yeux au ciel qu'elle veut vaciller.

Au-devant de la furia qui s'élance,
Elle tient le glaive lourd d'un soudard,
Il est brandi bien haut avec insolence ;
Il semble moins une arme qu'un étendard.

Ses lourdes tresses volent dans le vent,
Ses deux lourdes tresses de jeune fille,
Qui viennent cingler les hommes observants ;
Qui en les traitant de lâches les houspillent.

Pour les plus braves, le blâme est trop dur,
Et voici un peloton qui s'assemble,
Dressant des artefacts couverts de rouillures
Et des arcs vermoulus dans des mains qui tremblent.

Ils sont peu nombreux, mais font réfléchir
De moins courageux qui ont honte d'eux,
Qui ouissent déjà leur conscience médire,
Les traiter de bons à rien, de galvaudeux.

La honte de se cacher les saisit,
Plus encor lorsque femmes et enfants,
Sans dire un seul mot leur disent « Allez-y ! »
Disent qu'ils seront morts s'ils ne sont triomphants.

Certains refusent d'entendre piaffer,
Ces voix qui leur murmurent le chemin,
Et ce sont leurs femmes qu'ils viennent buffer,
Sur leur tête et leurs joues s'abattent leurs mains.

D'autres cachent leur famille qu'ils baisent,
Embrassant les joues, embrassant les fronts ;
Peut-être seront-ce les dernières braises
De leur amour que les épées éteindront.

Puis ils prennent tout objet contondant,
Pour meurtrir les chairs ou briser les os,
Ils vont au combat mais ne sont pas ardents,
Ils se savent moins guerriers que vieilles rosses.

Pourtant, voilà le peloton grandi,
Et c'est bien une armée qui se tient là,
Prête à affronter la charge des bandits ;
La bataille sera plus qu'un pugilat.

Les chevaux sont lourds, les sabres sont longs,
Que peut bien le nombre face à la force ?
Le mortier de la lutte face au pilon
Contiendra la cendre des âmes retorses.

Des coups de feu partent, un homme tombe,
Dans son crâne, un trou comme le pouce,
Et d'autres coups de feu partent de la trombe ;
Le courage s'ébranle sous la secousse :

« Gardez espoir et affutez vos lames »,
Dit le père Vassili, calmement.
Droit, il ne bouge pas telle une oriflamme,
Il attend de front, imperturbablement.

Que peuvent cet aveugle et son bâton
Dans la mêlée où le fer sera roi ?
Il sera balayé comme le larton
Par le misérable affamé aux abois.

Mais il ne recule pas et murmure
Des mots dits tout bas que le vent emporte,
Une prière peut-être, trop faible armure
Qui pour les villageois ne vaut pas main-forte.

Cependant, aux murmures, ils répondent,
Les loups assemblés qui hurlent et grognent ;
Devant les chevaux, ils forment une ronde,
Ils menacent les montures sans vergogne.

La peur saisit les chevaux qui se cabrent
Et renversent dans le plus grand fracas,
Les cavaliers qui s'effondrent sans palabre
Dispersant la charge en tristes reliquats.

Elle est devenue désordre innommable,
Chevaux hennissants et corps chavirés,
La ferraille craque en bruits épouvantables,
Lorsque sous les sabots, elle est labourée.

Il y a un homme devenu boue,
Sang et chair s'assortissent à la fange,
De ses os ne restent que de petits bouts
Trop fermes et blancs pour se fondre au mélange.

Comme la panique vient aux soudards,
Comme la retraite est inévitable,
Que les loups sont déjà comme à leur mangeoire,
Les villageois inertes deviennent muables.

Brisant les rangs, les voici qui s'élancent
Prêts à fendre et à percer l'ennemi ;
Pour les barbares, il n'y a pas clémence,
Par leur sang, ils laveront leurs infamies.

Dans l'hideuse mêlée, des têtes roulent,
Certains tentent de tenir leurs entrailles.
Des silhouettes avancent comme saoules,
Mais dans leurs crânes, la hache a fait sa taille.

Parmi les hommes de fer et de cuir,
Au milieu des villageois en furie,
Zoyechka se tient, elle aussi veut roidir,
Elle aussi veut prendre part à la tuerie.

Le bas de sa robe, de sang ruisselle,
De sang grenat qui marbre sa blondeur.
Sa lame est lourde, parfois elle chancelle,
Mais elle lutte encor, redoublant d'ardeur.

La bataille est féroce, la Mort règne,
Prenant dans chaque camp sans distinction.
Elle veille le combat comme une duègne
Veille la jeune fille des viciations.

Les villageois sont des guerriers novices,
Beaucoup tombent sous le feu et le fer,
Mais quand on a la liberté pour matrice,
Il faut plus que des armes pour nous défaire.

Ainsi le découvrent les spadassins,
Submergés par les cohortes fougueuses,
Mis à terre, se battant en fantassins,
Ils ne peuvent contenir les hordes gueuses.

Leurs chevaux sont déjà loin, dispersés.
Pour une épée, il y a cinq fuscines ;
Chacun à leur tour, ils finissent percés
Quand implacablement les loups les lutinent.

Cette victoire est au peuple asservi.
Fort de ce succès, il veut continuer ;
Maintenant qu'il a goûté cette eau-de-vie,
Il n'a plus envie de s'en déshabituer.

La chasse est donnée, « Au Kremlin » crie-t-on,
Le père Vassili veut mettre en garde :
« Il y a des rats trop gros pour le chaton,
Réfléchissez comme ferez la renarde.

Allez jusqu'à ces murs désordonnés,
Pensez-vous les attaquer à la hache ?
Les arcs et les fusils auront tôt fané
Tous vos efforts, moins utiles que bravaches. »

À ce même instant, des tirs retentissent,
Ils frappent les soudards qui se replient.
Faute de victoire, ils ont le supplice
Que mérite le devoir inaccompli.

Les arquebuses crachent leur métal,
Sur ces fiers cavaliers rendus piétailles,
Mais voilà qu'une décharge magistrale,
D'un grondement fait taire la valetaille.

Le canon à nouveau crache le feu,
Le boulet vient éventrer une isba.
Femme et enfants sortent, car en pique-feu,
Il a épandu la flamme qui s'ébat.

Les braises rougies du poêle brisé
Ont embrasé tantôt le bois des murs ;
Les langues chaudes, serpents spiralisés,
S'élargissent dans le ciel en empaumure.

La demeure carbonisée s'effondre,
Mais voilà qu'en éparpillant ses restes,
Une isba voisine, elle vient contondre,
Pour étendre en elle le bucher funeste.

Le ciel laiteux, chargé de rouleaux noirs,
Rayonne d'une lueur orangée.
Dans les yeux du peuple luit le désespoir,
Le feu insatiable s'en vient ravager.

Il rampe, voltige et tournoie sur lui,
Attisé par les fouets de l'enfer ;
Il ne laisse après lui que cendres et suie ;
Au-devant, il ne trouve nulle barrière.

Les villageois abandonnent leurs armes,
Ils s'exclament : « À la source, à la source ! »
Partout dans Mangazeïa est sonnée l'alarme,
Dans toute la ville se donne la course :

« Mon père, c'est affreux, la ville brûle !
Se lamente Zoyechka contristée.
Le feu grandit et bientôt, sous sa férule,
C'est tous nos foyers qu'il aura dévastés.

Pourquoi se battre pour ne rien sauver,
Pour tout perdre comme j'ai tout perdu ?
Existe-t-il, ce Dieu, pour nous réserver
Sort si cruel et voir ses ouailles morfondues ? »

L'épée glisse des mains de Zoyechka,
Elle aussi s'en va courir à la source,
Mais il tire encor le terrible pouchka[24],
Il sème la mort sans manquer de ressource.

Le boulet de plomb brise le clocher,
Un craquement horrible en dernier râle,
Il n'est à terre qu'une masse hachée
Qu'un jour couvrira la mousse rudérale.

Les volutes de fumée épaississent,
Le père Vassili respire mal,
Il comprend l'ampleur des flammes spoliatrices
À l'odeur de brasier dans l'éther brumal.

Avec ses loups, il est seul à présent,
Mais il ne peut retourner dans les bois,
Il ne peut fuir et laisser aux maldisants
Le récit d'un jour qui ne vit pas d'exploit.

Il ne peut pas laisser à leur détresse,
Ces gens qu'il a menés à la révolte,
Il déploierait la même scélératesse
Que L'Écorcheur dont les boulets virevoltent.

Il faut faire taire ce canon cruel
Et sur Mangazeïa faire pleurer Dieu ;
Il n'y a que lui pour briser le martel
Que fait peser sur elle le Mal odieux.

Le père Vassili à son Seigneur,
A adressé sans succès maintes prières ;
Ferventes, L'Omniscient doit scruter ailleurs ;
Les entend-il ? Ne sont-elles pas sincères ?

Veut-il une autre preuve de sa foi ?
D'un serviteur veut-il le sacrifice ?
Salut des hommes contre chemin de croix,
Ce qu'a réclamé Dieu à son propre fils :

« S'il doit en être ainsi, ainsi soit-il !
S'exclame le pope, déterminé.
Souffle donc et guide-moi, vent volubile,
Aide-moi à marcher vers ma destinée !

Et vous mes amis qui m'avez sauvé,
Retournez-vous-en, je dois marcher seul.
Sans vos soins, je ne me serais relevé,
Vous m'avez traité comme votre filleul.

Mais il vous faut repartir dans vos bois,
Là où je vais, vous ne pouvez me suivre ;
Il faut partir, Loups, mais donnez de la voix,
Que les feuilles tremblent, que vibre le givre ! »

Les loups obéissent sans s'attarder,
Et derrière leur chef s'en vont au loin.
Les hurlements montent en sons accordés ;
Du sort du prêtre, ils ne seront témoins.

Avec son bâton et le vent pour guide,
Le père Vassili va au kremlin.
Tous au feu, aucun ne le voit intrépide
Ou bien aussi stupide qu'un jobelin.

Il marche vers sa mort inéluctable
Qu'il recevra des flèches ou des balles,
Mais il marche, il va droit, imperturbable,
Il veut cette prairie pour pierre tombale.

L'agitation de la ville s'apaise,
Il s'en éloigne à chacun de ses pas,
Et malgré le vent, lui vient l'odeur mauvaise
Des pendus du kremlin montrant leurs trépas.

Il marche, mais ne voit pas devant lui
Les murs noirs grandir en se rapprochant ;
Il marche, mais ne voit pas plus dans sa nuit,
Les soldats tous près de le tirer à champ.

Les longs fusils s'arment, les arcs se bandent,
Légion de bouches à feu et de flèches
Préparées à donner leur mortelle offrande,
À percer le prêtre de leur métal rêche.

Il s’avance et entend bientôt des voix,
Des rires grossiers et des moqueries ;
Le laissant approcher, riant de sa foi,
Les scélérats se livrent à raillerie.

Du haut de leur mur, ils sont à l’abri ;
Pour eux, le défi du prêtre est un jeu.
Sur toute la courtine on fait des paris
Avec la vie d’un homme pour seul enjeu.

Une balle est tirée, un cri s’élève,
Celui du père Vassili qui choit.
La jambe du pope dépourvue de grèves
Exhale un sang aussi sombre que la poix.

À flots, il s’échappe du malheureux
Qui avec grande peine se redresse.
Mais ils sont bien vains ses efforts valeureux,
Car dans son flanc se fiche une flèche épaisse.

Il trébuche à nouveau, veut se lever,
Alors toute la mitraille est tirée.
Dans cette grêle de fer est achevé
Le père Vassili au corps déchiré.

Il est étendu au sol, gît dans l'herbe,
Sous lui grandit une mare de sang.
Elle l'a terrassé la terrible gerbe
Qui bientôt n'est plus qu'un nuage nigrescent.

Juste avant de rendre son dernier souffle,
Qu'il expire en même temps qu'une prière,
Des soudards, il entend le triomphant baroufle
Soudain étouffé par un coup de tonnerre.

C'est le canon qui crache ses boulets,
Songe-t-il avant de quitter la vie ;
Le voici parti avec le Paraclet,
Libéré par la mort plutôt qu'asservi.

Ce coup de tonnerre a dit son échec,
Son sacrifice a été inutile.
Porté par l'espoir, il n'est parti avec,
Le laissant derrière lui vain et stérile.

Il s'en est allé sur ce triste songe
Qui pourtant n'était qu'hallucination,
Car la vérité déguisée en mensonge
S'est bien jouée de ses supputations.

Ce n'est pas le canon qui a grondé,
Frappant Mangazeïa de feu et de plomb,
Ce n'est pas le pouchka qui a bombardé,
Crachant sur la ville ses mortels grêlons.

Le coup de tonnerre est venu des cieux,
Des cieux pâles qui soudain s'obscurcissent.
Les nuages noirs s'amoncellent sentencieux,
Si vite et si bas qu'on dirait maléfice.

Des rives du Taz à la forêt sombre,
Pèse cette grandiose nébuleuse,
Qui vient, à la seule force de son ombre,
Semer la peur dans les âmes anxieuses.

Ces contrées ne sont pas contrées d'orage,
Pourtant, ils fulminent les rouleaux gris ;
Brule la flamme derrière ces nuages,
Dans leur cache, elle prépare rouerie.

Les villageois croient à l'Apocalypse,
Oublieux du feu, la plupart s'agenouillent ;
Ils prient et leurs yeux se tournent vers l'éclipse,
Laissant des isbas les dernières dépouilles.

Ils ont la peur de l'homme misérable
Confronté à cette force inconnue ;
Colère divine ou fourberie du Diable,
Elle est là en juge face aux prévenus.

Zoyechka voit le père Vassili,
Dont le corps gît là-bas, étendu mort
Dans l'herbe de la plaine qui lui fait lit ;
Dans une mare de sang qui le colore.

Elle songe que Dieu ne peut punir
Ceux qui bravement ont suivi sa voix ;
Elle a parfois senti sa foi défaillir,
Mais sur l'humble repentant, Dieu s'apitoie.

Elle a douté dans les sombres moments,
Elle a douté du pope, du Seigneur,
Mais des hommes, n'est-ce le tempérament ?
Les grands saints n'ont-ils été un peu pêcheurs ?

Mangazeïa est dévorée par les flammes.
Ce peuple qui a douté n'a plus rien.
Un Dieu peut-il jeter plus encor le blâme
Sur des pécheurs dont il a pris tous les biens ?

Les yeux grands ouverts, elle attend son sort,
Espérant seulement voir ses parents.
Mourir ne lui sera pas un grand effort,
Mais que le bon Seigneur l'accueille en ses rangs.

Une larme coule sur sa joue froide,
C'est l'émotion ou peut-être le vent,
Lorsque soudain lui est portée l'estocade,
Elle ferme les yeux, met ses mains devant.

La lumière est apparue si soudaine,
Dans une fulguration formidable,
Qu'elle a aveuglé les cohortes humaines
Qui l'admiraient de leur regard pitoyable.

La foudre d'argent a fendu le ciel,
Nul n'a vu son éblouissant éclat,
Bijou d'orfèvre dans un écrin de nielle,
Qui brille plus fort que mille candelas.

Juste dissipée, craque le tonnerre
Roulant dans un fracas assourdissant ;
Il fait frémir les hommes, trembler la terre,
Il se répand partout en flots tumescents.

Les yeux se rouvrent, la lumière est vive ;
Dans les pupilles, un torrent de flammes
Qui remuent leurs silhouettes convulsives ;
S'élèvent dans le ciel en langues esclames.

À Mangazeïa, on se signe ou l'on prie,
C'est au kremlin que la foudre a frappé.
Le Seigneur est venu réclamer son prix,
Il a porté la flamme contre l'épée.

Les murs noirs sont un rempart de torchères,
La poudre explose, éventre le fort ;
Le feu fond le métal, consume les chairs,
Des corps fous courent comme enduits de phosphore.

Ils s'agitent, convulsent et s'écroulent,
La plaine s'orne de petits brasiers,
Tas de cendres à glaner à la braoule
Sur lesquels les herbes viendront dansailler.

Mangazeïa est figée par ce spectacle,
Cette fantasmagorie destructrice ;
Les hommes contrits regardent la débâcle
De ceux que frappe la divine justice.

Toujours à genou, ils sentent la pluie,
Tant sur leur visage que leurs mains jointes ;
Elle coule sur leur peau noire de suie,
De nombreuses souffrances lave l'empreinte.

Elle tombe et tombe, toujours plus drue,
Formant des flaques, mollissant la boue ;
L'eau monte incessamment et étend sa crue,
Baignant les chevilles d'un homme debout.

Elle ruisselle, nettoie suie et larmes,
Par son continuel acharnement,
Finit par vaincre le feu qui rend les armes,
Il agonise en ultimes linéaments.

Mangazeïa n'est que décombres fumants,
Lorsque les dernières braises s'éteignent ;
Elle n'a que des charbons pour téguments
Sur ses restes répandus en noires sphaignes.

Le kremlin brûle de ses derniers feux,
Le vent emporte ses cendres flottantes,
Mangazeïa repose sous le même enfeu ;
Elle et lui unis dans la même tourmente.

Timidement, Zoyechka se relève,
De sa manche, elle essuie son visage.
Son geste lent dit tout de son âme griève,
Ses traits disent le chagrin sous le courage.

Tout autour d'elle se tiennent ses frères,
Ses sœurs, un peuple libre mais sans toit,
Il se lève sur un pays cinéraire ;
Un pays rendu libre qui reste coi.

Sans les peines des âmes et des corps,
Primant sur l'euphorie de la victoire,
Les villageois auraient pu se croire morts,
Se tenant debout ensemble au Purgatoire.

Ça aurait mieux valu songent certains,
Ces pères, ces mères chargés d'enfants,
Dont l'avenir est devenu incertain ;
Pour qui la liberté n'a rien d'échauffant.

La soumission est chose bien sereine,
Elle ne souffre le doute du choix,
Comme la veille, les lendemains s'égrènent,
Ne laissant nulle surprise au villageois.

La liberté, en croisée des chemins,
Inspire au simple la peur et l'angoisse,
Elle met trop de clés de vie dans les mains
Des esprits corsetés qui manquent d'audace.

Mais sous le ciel redevenu laiteux,
Mangazeïa et son maître ne sont plus.
Aux gens ne reste que ce bien si coûteux,
Cette liberté en guise de salut.

Chant XIII

Ainsi furent engloutis Mangazeïa,
Son kremlin et son seigneur L'Écorcheur,
Tous emportés par la divine furia
Ou par le canon, essaimeur de malheurs.

Noble cité jadis, devenue ruines,
Elle ne devait pas se relever ;
Devenue ce jour comme terres salines,
Son peuple libre ne pouvait la sauver.

Car les villes ont un temps pour mourir,
Celui de Mangazeïa était venu,
C'est par le feu que son corps devait périr
Après longue agonie en fin bienvenue.

Mais son âme, son peuple victorieux,
Devait vivre comme toutes les âmes ;
S'en aller vers d'autres horizons glorieux ;
Se délier du corps et faire deuil du drame.

Ce fut ainsi, son âme s'en alla
Vers Touroukhansk la jeune sœur du Nord ;
Ramassant quelques reliques çà et là,
Le peuple prit la route sans grands remords.

Il laissa aux corbeaux cette contrée
Qui verdirait et blanchirait bientôt ;
L'herbe et la neige, sur les cendres bistrées,
Feront oublier les évènements fataux.

Toutefois, ce ne fut complètement
Que Mangazeïa disparut de ce monde ;
Il fallait bâtir sur le délabrement,
Extraire de lui une trace féconde.

Avec le bois qui n'avait pas brûlé,
Les hommes bâtirent une chapelle ;
Face au Taz, petite bâtisse esseulée,
Qui surgirait un jour en mirage irréel.

Sous l'autel fut placé le corps d'un saint,
Qu'on alla relever sur son lit d'herbes,
Jetées dans sa tombe en linceul et coussins,
En grosses poignées et en épaisses gerbes.

Puis ce fut la terre, noire de cendres,
Qui vint recouvrir ce saint et cet homme,
Sous les yeux de ceux qui ne pouvaient s'épandre
Qu'à la façon de David sur Absalom.

La chapelle ne fut pas consacrée,
Et ce ne fut que des années plus tard
Que l'église, venant en ces lieux sacrés,
Acta son appellation dédicatoire.

C'est à saint Vassili de Mangazeïa,
À son souvenir et à ses miracles,
À son martyr pour tous ceux qu'il éveilla,
Que fut dédiée la chapelle ; son Cénacle.

Refuge du trappeur, du voyageur,
Chacun pouvait lui demander de l'aide,
Trouver un sain réconfort en sa demeure,
Apprendre que chaque mal à son remède.

Un champ de croix entoura la chapelle,
Car il n'y eut pas qu'un seul sacrifice ;
Maintes jadis, devenues relictuelles,
Le vent, la pluie, la neige ont fait leur office.

Mais le souvenir ne s'est pas perdu,
Le souvenir de ce jour mémorable,
Jour qui a vu, hommes et loups confondus,
Renverser le sort qui semblait implacable.

L’histoire a été racontée, chantée,
De détails parée jusqu’à la pléthore ;
Elle était une, mais elle a centuplé,
L’histoire de Mangazeïa « bouillante d’or ».

NOTES

[1] Hibou en russe.
[2] Yermak Timofeïevitch, cosaque et célèbre conquérant de la Sibérie occidentale.
[3] Ville de Sibérie occidentale.
[4] Peuples cosaques.
[5] La malitsa est un manteau en peau de rennes à capuche et gants ; la sovik est un manteau de fourrure porté en général par-dessus la malitsa.
[6] Coiffe à oreillettes caractéristique d'Asie centrale.
[7] Tribut russe prélevé en nature.
[8] Peuple samoyède réputé pour son caractère belliqueux.
[9] Peuple autochtone de Sibérie.
[10] Littéralement cabaret. Généralement l'équivalent d'une auberge en Russie.
[11] Sac, besace.
[12] Surnom populaire ou affectueux du prêtre russe.
[13] Ville voisine de Mangazeïa.
[14] Fleuve de Russie, un des trois plus grands de Sibérie.
[15] Lettre de recommandation d'un supérieur religieux.
[16] Commune de Carélie, en Russie, célèbre jadis pour ses artisans du bois.
[17] Chaîne jadis portée par les forçats.
[18] Nom vulgaire du loir.
[19] Terme régional signifiant loup.
[20] Moines et saints russes, célèbres pour avoir pris part à la bataille de Koulikovo en 1380 contre les Mongols.
[21] Jeune fille.
[22] Champignon parasite d'aspect noirâtre, notamment du bouleau.
[23] Chant épique russe.
[24] Canon en russe.

TABLE DES MATIÈRES

Printed by Amazon Italia Logistica S.r.l.
Torrazza Piemonte (TO), Italy

63623521R00116